蒼《あお》き闇《やみ》
汝《きみ》よ何処《いずこ》へ

永井　季三男
NAGAI Kimio

文芸社

蒼き闇　汝よ何処へ　◆　目次

序章　驟雨《しゅうう》……5
一章　親《ちか》しき友……22
二章　哲《てつ》さんとリヤカー……41
三章　秀さんと甥っ子達と……58
四章　暴走、暴露……77
五章　ミーちゃんと道祖神の火祭り……97
終章　夢幻《むげん》……115

序章　驟雨《しゅうう》

軽トラを走らせながら、彼は額《ひたい》の汗を左手の甲で拭《ぬぐ》い、床に振り払った。

左右の窓は開け放ってあるも、顔を掠《かす》めていく空気は火事場の熱風のようだ。

漸《よう》く《や》赤岩橋が見える辺りまで来た時、心なしかエンジンが喘《あえ》ぐような声を上げ始めた。

「己《おのれ》の呻《うめ》き声とも重なるその悲鳴に、彼は、「少しの間、辛抱《しんぼう》してくれ……。急いで日陰を探すから」と、祈るような気持ちで愛車のハンドルを擦《さす》った。

一昨年《おととし》の夏、秀《ひで》さんの運転で納品の帰り道に、この車はオーバーヒートを起こしている。強《きつ》い山道を強行した所為《せい》だったが、空冷エンジンが冷めるまでの余りにも長い待ち時間を、二人は持て余したものだった。

道筋には他にも、ボンネットを撥《は》ね上げて冷却待ちをしている乗用車が、彼方此方《あちこち》に在《あ》った。この時代は街の中でも、オーバーヒートを起こしてボンネットを開けている車は特段珍しいものではない。

そして、トラックは勿論の事、乗用車でも殆どの車がアルミか鉄製のバケツを積んでいた。川の水を汲んで水冷エンジンの冷却水を補充したり、入れ替える為だ。

その日は空冷の軽トラだった事が災いして、為《な》す術《すべ》もなく、二人はただひたすら待つしかなかった。唯一の救いは、山中だったので日陰には事欠かず、沢に下りれば天然の冷たい飲み水にもありつけた事だ。

しかし、今日のこの国道沿いには、日陰になりそうな樹木の一本すら見当たらない。

ともかく国道から逸《そ》れてエンジンを休ませよう、と思ったその時、俄《にわか》に空が掻き曇り、瞬《また》く間に土砂降りの雨になった。軽トラの後を追うように猛スピードで雷雲が迫ってきていたのであろう。

これで暑さから逃れられる、とほっとしながら、ガタつきのある取っ手を大急ぎで回すも、窓が閉まるまでの間に右腕のYシャツの袖から脇、更にはズボンまでもが肌に貼り付いた。

運転中なので助手席側の窓には対応出来ず、助手席に置いてあったサービスブックだけを左手で体の傍に引き寄せた。

やっとの事で車溜《くるまだ》まりになっている空き地に辿《たど》り着くと、彼はふーっと大きく息を吐いた。夏場、この辺りには雷雨が足繁《あししげ》くやってくるが、今日のこの来襲は天の助けとでも言うべき絶妙のタイミングだった。

まさに、安全に休憩出来る場所で、焼き付く寸前のエンジンを労《いたわ》ってくれる慈雨だ！

彼は一昨年からこの車を通勤通学用に貸与されているのだが、折しも去年の夏に遭遇した今日のような激しい雷雨時に出会った爽やかな青年の一言が頭にこびり付いている。

あの時以来、彼にとって雷雨は即、その不思議な青年に重なるのだ。

免許取りたてで運転がまだ未熟だった彼は、視界が数メートル程の豪雨下で、ただ車を左に寄せて停める事のみに全神経を費《つい》やし、前に停車していた東京ナンバーのライトバンにコッン、とやってしまった。

文字通りのコッンだったので、相手方の車に傷を付ける事もなく、況してや体に影響の有ろう筈もないとは思いつつも、彼は即座に降りていき、運転手に窓越しに謝罪して、念の為に車の確認をお願いした。

ほんの一分足らずの時間だったが、自分は元より、頭に雑誌を翳《かざ》しただけのその青年もびしょ濡れになった。

「申し訳ありません……」

と彼が頭を下げると、

「運転は慎重にな。親を大事にしろよ」

と言い置いて、その青年は急いで車に戻ったのだった。

彼は、「えっ」と大口を開けたが、既に目の前にあったのはその人の背中で、垣間見た横顔は、その一言と激しい雨に掻き消されてしまった。

親を大事にしろよ――。

まさに自分の事を知っているかのようなその一言は、彼の胸をグサリと突いた。

その衝撃こそが、青年の印象を特別なものにした。

父親を決して許す事の出来ない彼には、それに纏《まつ》わる物事に出会《でくわ》す度《たび》、瞬時に憎悪《ぞうお》と屈辱《くつじょく》感に塗《まみ》れた闇を見るのだ……。

白く曇ったフロントガラスの向こう側を滝のように流れ下《くだ》る雨をぼーっと見つめながら、彼は今又去来したその思いを、頭を強く振って振り払った。

夕方を思わせるような薄暗い車溜まりの中へ、ライトを灯《つ》けた小型トラックが、又一台ゆっくりと入ってきた。

止《や》む無く窓を閉め切った狭い空間は、まるで蒸し風呂同然だ！　彼の額から首から、止《と》め処《ど》なく汗が吹き出してくる。

彼の経験上、雷雲は十分もすれば大概《たいがい》通り過ぎていくのだが、今がピークと見え、頭の上の薄い鉄板を雨粒がバタバタと叩《たた》いている。

今日は秀さんに急用が出来た為に、彼は一人で町外れの農家へテレビの修理に向かう途中なのだ。

相手は白黒の一四インチで、故障は〝横一《よこいち》〟らしい。

店の事務室の机の上に貼られていた事務員の悦《えっ》ちゃんのメモには、「二年前に納品、画面中央に水平に輝く一本線のみ、音声は正常」と書いてあり、その脇には、「秀さんがお休みで寂《さび》しいでしょう」と、小さな文字で記してあった。

この付け足し部分の真意は、まさに彼女自身の秀さんへの想いに他なるまい。毎日接している彼にはよく分かる。しかし、秀さんに全くその気は無いのも又確かだ。

それは彼にとってどうでもよい事なのだが、帰ったら悦ちゃんに謝らねばならない事態に今、気付いた。

彼女が作った花柄の綿入れを、荷台で雨晒《あまざら》しにして台無しにしてしまった！　真空管キット他、部品一式と工具箱を兼ねたアルミケースを包むクッションのそれだ。

これは彼女が秀さんの為に提供した物だけに、「今日は助手席が空いてただろうに……」と苦々しく思うに違いない。

帰り次第、真っ先に謝ってしまおう。そう心に決めると、彼は改めて客先での修理のシミュレーションを頭の中で組み立てた。

恐らく垂直発振の真空管だろうと踏んでいるが、抵抗器の焼損、或《あ》るいは蓄電器《コンデンサー》の容量抜けもある。何《いず》れにしても、この故障でテレビを預かってくる羽目にはなるまいとの安心感は持っている。

　この男、杉野辰雄《すぎのたつお》は現在、十九歳半、夜間高校の四年生だ。

　目下、学校は夏休み中につき、精神的な余裕はあるが、大の苦手な暑さとの格闘に辟易《へきえき》している。

　今日は頼もしい秀さんが居ない分、多少の緊張感が手伝い、客先で何時《いつ》もより余計汗をかく公算が大きい。更に上がり性《しょう》が加わるから、汗かき三重苦となるだろう。

　この辺りは東京から遠く離れた小さな地方都市だが、去年の東京オリンピックを機に、辰雄が勤める電機店でも月に数台程のペースでカラーテレビが売れてきている。

　カラーテレビと言っても、ブラウン管式の為、優に三〇センチ超の奥行きを持つ大きな箱型で、内部にはニョキニョキと林立する大小の真空管等が所狭しと詰まっている。

　画質は粗く、色も又然《しか》りで、現代の若者には凡《およ》そ想像もつかない代物だ。

　東京から遠く離れている分、良好な画像を得る為に、アンテナを出来得る限り高い位置に設置する必要が有り、その殆どが屋根の上での危険な作業となる。

この作業中に転落して命を落とした同業者も居る。命綱など付けようもない、屋根の上の高さ四メートルものパイプ上で、そのか細いパイプに両足を絡ませただけの作業ゆえだ。バランスを崩したその人は屋根に落下し、瓦を複数枚、粉粉《こなごな》に粉砕《ふんさい》して地上に落下したのだった。

そうした事故を避ける為に鳶職《とびしょく》に依頼する店も多い中、辰雄の勤める店では自前で行っている。

「俺は絶対、大丈夫だ！」

秀さんは自信を持ってそう言う。勿論、慎重を期した上での自信だ。

辰雄も援護する中でそう思う。

辰雄は、秀さんの手駒として懸命に援護する中で、最近はピタリと呼吸が合うようになってきた事を感じている。

今、辰雄にとっては、秀さんと一緒に居る時が最も充実している。

学校が始まれば、そこも又、充実した場所となる訳だが、一人になった彼の根幹には常に闇が宿っているのである……。

それは偏《ひとえ》に、彼の父親である広満《ひろみつ》への怨念であり、その悲劇は辰雄が中学三年の秋口に突如起こった。

大工職人の広満が、学校から帰った辰雄を板の間《ま》に座らせ、唐突に、「家計が厳《きび》しい」と言い出し、有無を言わさず辰雄の高校進学を阻《はば》んだのだ。

放課後の補習授業を、進学組から就職組へ中途移動した者は、辰雄の他には誰も居なかった。周りの蔑《さげす》むような目に歯を食いしばって耐えたあの屈辱の日々は、決して癒《い》えるものではない。

大人になったら必ずこの仇《かたき》はとってやる……辰雄はそう心に誓った。

同級生の家は殆ど農家ゆえ、直接の比較は出来なかったが、辰雄には決して広満の言う逼迫《ひっぱく》した経済状況とは思えなかった。現に姉は何の咎《とが》めもなく高校へ入り、既に卒業している。

その後、広満の仕事が特に減った訳でもなし、厳しい生活を強《し》いられている事もない。

思い起こしてみれば、何がどうとは言えないが、何となく辰雄は広満に疎《うと》まれているのでは……という気持ちを抱く事はあった。しかし、広満は家庭内での絶対的な権力者ゆえ、抗《あらが》う事は許されず、辰雄には怨念を募《つの》らせる他に術はなかった。

悶悶《もんもん》としていたある日、学校から帰った辰雄は、居間でちびりちびり酒を呑んでいる広満に、鬱積《うっせき》した思いを打《ぶ》ちまけた。

「毎日毎晩食らう酒代は有っても、俺を高校へ上げる金は惜しいのか！」

辰雄は自分が喚《わめ》いている事は意識出来たが、他に何を喋《しゃべ》ったのかは明確には覚えていない。だが、これまでは父親に逆らう事など有り得なかった。

あっ、と思った瞬間、辰雄は左の頬に衝撃を感じ、意識が飛んだ！　広満が立ち上がりざまに拳骨《げんこつ》を振るったのだ。

予期していなかった辰雄は、避《よ》ける間もなくそれを食らい、よろけながら二、三歩右へふっ飛ばされた。

気がつくと、口の中に痺《しび》れを感じ、鮮血が畳の上に滴《したた》り落ちていた。

その日以来、辰雄は広満に背を向けたまま、もうじき六年になる。

農村地帯のその辺りでは当時、高校への進学率は五割程度だっただろうか。大学を視野に入れて、近辺唯一の普通高校へ進む者は数人しか居なかった。

男子の殆どは農業高校を主とする実業高校へ行く。そんな中、辰雄は工業高校の電気科を目指していた。私立の高校は、当時はまだ存在していない。

男女は完全に別学で、唯一、商業高校のみが男女共学校だったが、八割方を女子が占めていた。それゆえ、商業高校を志望する男子は〝軟派〟と見られる風潮が色濃くあった。

止む無く就職を余儀なくされた辰雄は、集団就職で東京へ行く生徒が多い中で、彼を含む三人が東京に本社を置く地元の大企業に入れた。

しかし、県内の多くの他校から同時に入社してきた仲間達の晴れがましい表情を目の当たりにした辰雄は、瞬時に負けを悟った。懸念していた通り、彼等《ら》、彼女達の殆どが夜間高校に入学を決めて入社してきていたのだ。辰雄と同じ学校から来た他の二人も、夜学とセットで入社していた。

辰雄は当初から就職組ではなかった事に加え、広満への強い反発心が、夜学拒否という拗《ねじ》けた心情を生み出していた。

夜学を受け入れてしまえば、憎《に》っくき広満を許してしまう……という論理だ。

だが、仕事を終えて学生服に着替え、颯爽《さっそう》と夜学に向かう仲間と顔を合わす事は耐え難く、それは即、怒りとなって辰雄を苦しめた。

決して癒える事のない屈辱感は日増しに彼を萎縮させ、反面、広満への憎悪は激しく増幅の度を増していった。

越智《おち》は辰雄のような田舎者と違い、市内の高いレベルにある中学から同期入社した親友だ。既に二年前に夜学を卒業した彼は、描いていた通り公務員に鞍替えし、目標だった無線通信の仕事に就いている。

四年前に越智と出会った時、彼が中学生の時点で既に人生の設計図を描いていたと知った辰雄は、改めて己の不甲斐なさに唇を噛んだ。

しかし、初対面の二人が時を置かずして旧知のような間柄になった事には、お互いが不思議に感じていた。

辰雄が夜学へ行っていない事を知った越智は、親身になって進学を勧めた。

「一年遅れにはなるけど、来年は必ず受験しろよ」

と、越智は常に一歩高みから辰雄を包み込むような態度で接した。

辰雄は越智の深い思い遣りが心に沁《し》みるも、父親への怒りの方が勝り、翌年の受験も見送った。

辰雄自身、自分に嫌気が差していたが、越智はそれを見越した上で、変わる事なく辰雄に接した。

越智は辰雄の第一印象を「冴《さ》えねえ顔をした奴だな……」と思ったが、

「何故か放って置けねえ気がしてな」

と言ったものだ。

「俺の第一印象は？」

と、辰雄を覗き込むようにして聞く越智に、

「同い年にしちゃ、おっさんみてえな奴だなって思ったよ」

辰雄がそう答えると、越智は少し不満そうな顔で「フフン」と言った。

「どうやらお互い、人間関係が余り得意じゃねえようだな」

越智は独り言のようにそう言った。辰雄は口にはしなかったが、当たっていると思

った。

辰雄が夜学へ行く決心をしたのは、こうした息の長い越智の説得を受けてのものだ。

しかし、越智は辰雄に恩着せがましい言葉も態度も、ただの一度も見せた事はない。

結局、二年遅れの入学だったが、それを期に辰雄は最初に入った会社を辞め、小さな電機店へ移ったのだ。

越智は大反対だった。

「ここに居ればこそ、大手《おおで》を振って五時に上がれるんだぞ。それが分からねえのか。今の俺のクラスの現状を言えば、殆どの生徒は零細企業からだ。残業で遅刻する者も多いし、必然的に、勉強についていけない奴は退学していく」

しかし辰雄は、

「今の俺には環境を変える必要があるんだ」

と、越智の制止を振り切ったのだった。

皆と同じ学生服を着る事にはなったが、退社時に夜間高校へ向かう同期入社の仲間は既に三年生なのだ。当然、越智もその中の一人だ。中三の補習授業で、進学組の教室へ向かう仲間を横目に悄悄《すごすご》と就職組のクラスへ歩かされたあの悪夢の続きだった。

少しの沈黙の後、一瞬、天を仰いだ越智は、

「杉野の偏屈さは、駄々っ子より仕末が悪いからなー」

と言って、再び気を取り直し、口を開いた。

「知っての通り、俺ん家の親父《ち》は、俺が物心ついた時には既に病弱で、臥《ふせ》っている事が多かった。お袋が雑貨屋を始めて、その僅《わず》かな上がりだけで兄貴と俺を育ててくれた……。それに比べりゃ、杉野は俺よりずっと増しな暮らし振りだった筈だ。幾ら親父さんを恨んだところで、現状は何も変わりゃしねえぞ」

越智の言う事に一理は有るが、辰雄の心は動かなかった。

――確かに俺ん家の親父は病弱でも事業家でもなかった、しかし、毎晩食らう酒代とは対照的に、俺の学費を出す気は更更なかった……人間のクズだ！

辰雄は心中でそう思い、怒りを含んだ目で宙を睨《にら》んで言葉を発しなかった。

先の見通しが利く越智だけに、まだ説得を……とは思ったが、同時に辰雄の頑固さも知り抜いている為、漸くそこで矛を収めたのだった。

「杉野の偏屈さは、死ぬまで治りそうもねえからな」

と引き取った後、

「絶対卒業しろよ！」

と念押しした。

その後、越智は数ヶ月に一通程のペースで辰雄に葉書をくれるようになり、今に続いている。

「この処、ＦＭラジオの音楽鑑賞に凝っている」等と近況を伝えながら、そこには然《さ》り気《げ》なく杉野を元気付けよう、励まそう、との彼の思いが嵌《は》め込んであり、三通、四通と回数が重なってから、漸く辰雄はそれに気付いた。

越智の優しさ、器のでかさに圧倒されつつ、辰雄は心底、有り難いと思った。

ただ同時に、それは辰雄自身が己の卑小《ひしょう》さを改めて思い知らされる事でもあった。

辰雄には、将来に対する希望など何処《どこ》にも無かった。

たとえ来春、無事に学校を卒《お》えて転職するにしても、二年遅れの夜間高校卒では書類選考の時点で没だろう……。

それ以前に、辰雄には今はその意欲さえも涌いてこない。

次の瞬間、遠くで雷鳴が轟いた。

はっとして我に返った彼の頭の中に、あの豪雨下で出会った青年の言葉が不意に甦《よみがえ》る。

ふーっと溜め息をつき、前方に目を遣ると、何時の間にか雨はすっかり上がっていた。

一章　親《ちか》しき友

電機店に移った辰雄は、家族的な雰囲気の中で、先輩の秀さんに一から仕事を教えて貰った。

社長が指示する前に、秀さん自らが教育係を買って出てくれた事を、辰雄はずっと後になってから知った。

社長他、総勢六人の店は、この辺りでは中ぐらいの規模で、二十代の女子事務員を除く四人は社長の身内であり、四十代の社長夫妻と、社長夫人の弟が二人という構成だ。辰雄の教育係の秀さんは末弟で、兄の正邦《まさくに》さんが番頭という立場に在る。

秀さんは直ぐに辰雄を気に入ったらしく、時には仕事帰りにプライベートな席にも連れていった。

「俺の弟分の杉野君をよろしく！」

と紹介されると、辰雄は恥ずかしさの中にもジワーッと胸の奥が充たされていくのを実感した。

秀さんは所謂《いわゆる》ハンサムで、社交性に富む独身の二十六歳。少し色黒だが常に笑顔の人で、白い歯がその笑顔を一層引き立たせている。そして、常に複数の女性と繋がりがあった。

辰雄は初めて女性のアパートへ連れていかれた時、場違いな所へ来てしまった……との思いが先立ち、早くその場から逃げ出したかった。ところが、回数が重なる中で、当の女性達は辰雄を殆ど気にしていない事が分かった。

俺がまだ成人に達していない以上、仕方ないか……と思うと、少し悲しい気持ちにも陥った。

特に衝撃を受けたのは、二十代半ばぐらいと思《おぼ》しき女性がシミーズ姿で応対した場面だ。

辰雄が秀さんの後について女性の部屋に入った途端、柔らかそうに息衝《いきづ》く胸の隆起が透け透けで目に飛び込んできた。シミーズの下は、下穿《したば》きだけだ。

レースのカーテンが引かれていたが、窓は全開で、眩《まぶ》し過ぎる程の部屋だった。窓際に置かれた背の低い扇風機が、そのカーテンをゆっくりとくねらせていたのも辰雄の記憶にある。クーラーという物が一般家庭に普及するのは、まだ十年ぐらい後の事だ。

女性は特に慌てる様子もなく、秀さんに微笑みつつ、片手で軽く胸の前を押さえると、辰雄を見て会釈したのだった。

女性を直視してはまずいと思った辰雄は、視線を下げて自分の足元を見るような姿勢で「どうも……」と小声で言った。

——どうも、はないだろう。初めましてだろう。いや、それも変だ……。

辰雄は下を向いたまま自問してみたが、それもこれも寸前に目にした光景が頭の中いっぱいに広がっているからに他ならなかった。

生まれて初めて目にしたその妖婉《ようえん》な姿態は、辰雄の中で決して褪《あ》せる事なく留まるに違いない。

「さっきの彼女、美容師でな、自分の店持つんだって。意気込みがいいだろ？　杉野君が一緒だったから、一寸《ちょっと》焦ったようだけど……体の線が抜群だろ！」

女のアパートを後にすると、秀さんは独り言でも言うかのようにそう言った。

辰雄はこの時、指を折りながら、それまでに秀さんが会わせてくれた女性の事を思い起こしていた。

最初の人は保母さんだった。水商売の人も居たし、デパートの売り子さん等々、何れも二十代で綺麗な人ばかりだった。その人達が一様に、秀さんを恋人か、少なくともごく親しい人として丁重に持て成していた。

辰雄自身も、秀さんに対して彼女達と相通ずる感情を有している事を意識していた。無論それは男女の恋愛感情とは次元を異にする、「頼もしい人」とでも言うべきものだが。

「俺が口説いた女は過去に一人だけで、他は皆、向こうからさ。俺は女に持て過ぎるのが悩みでな……」

秀さんは強ち《あなが》冗談ともつかぬ顔でそう言った後、

「杉野君は、彼女いるのか？　俺に出来る事なら何でも相談に乗ってやるからな」

と、辰雄の肩をポンと叩いた。

勿論、秀さんは辰雄に女友達が居ない事など百も承知だが、「何か困った事が起きたら俺に相談してくれ。俺に出来る事なら全力で応援してやるからな」と、辰雄は以前にも言われていた。

「ありがとうございます」

そう答えながら辰雄は、秀さんが唯一、口説いた人とは一体どの人なんだろう？と思いを巡らせたが、覚えている限りの女性を思い浮かべてみるも、何れの人も該当するように思えて見当がつかない。或いは、その人は今まで会わせて貰った人の中には入っていないのか？　とも思った。

しかし、店に居る時の秀さんは、明るさこそはそのままだが、女性に持てている様子など曖《おくび》にも出さない。

それゆえ辰雄は、自分も決して他言はすまい、と心に決めている。秀さんから、ただの一度も口止めを求められた訳ではないが、それが自分を信頼して打ち明けてくれる秀さんへの信義というものだろうと思っている。

社長と正邦さんは、それぞれ奥さんと二人の子供を持つ真面目を絵に描いたような人だけに、尚更その感が強くある。二人には隠し事をしているようで多少の後ろめたさは有るが、店に損害を及ぼしている訳ではないと、辰雄は思う事にしている。

いよいよ来週から、事務員の悦ちゃんを皮切りに、辰雄、秀さんの順で、独身者には一週間のお盆休みが待っている。

個人商店で一週間もの夏休みを実施している所は殆ど無いのが現状なだけに、この店は例外なのだ。

今年中学二年生になった社長の長女が、小学五年生の時に、

「どうしてうちには夏休みがないの？　お友達の君《きみ》ちゃんなんか汽車に乗って家族で旅行に行くんだよ」

と寂しそうに言ったのが切っ掛けだという。

偶然にも丁度、辰雄が入店したその年の事だった。

今年の夏休み、辰雄は越智をリーダーとする例年の北アルプス登山と、市岡《いちおか》の好意による幽谷《ゆうこく》での渓流釣りを予定している。この渓流釣りの件は、辰雄にとって思いもしなかった大きな嬉しい出来事だ！

市岡も辰雄と同じく二年遅れて入学してきた男で、辰雄にとって掛け替えのない大切な級友だ。

彼は汽車に一時間も揺られて学校に来る遠距離通学者で、駅から家までは土が剝《む》き出しの山道を車で往復している。片道だけで優に三十分を超すその山道は、父親の御《お》抱《かか》え運転手が白手袋着用で事に当たっているという。辰雄の日常からは想像するに余りある、典型的なお坊ちゃん仕様の生活だ。

県境の山懐《やまふところ》で名木を供給する老舗《しにせ》として知られるその家系は、彼の曾祖父《ひいじいさん》の代までは「山師《やまし》」と呼ばれていた。

創業は明治の初期で、数多《あまた》の材木商と決定的に違うのは、建築材の供給は副次的なものであり、庶民には無縁な高級家具、工芸品、更には美術品向けの名木、古木、老木を中心に据えている事だ。創業時から一貫してその形を守ってきた事が、結果的に乱伐の回避に繋がり、今日《こんにち》がある。それは勿論、三県にも跨《また》がる広大な原生林を有しているからこそ可能だった訳であり、近場で伐採した分は植林して補充する。

往時の原木の受注から搬送までの逸話《いつわ》を聞いた辰雄は、市岡のその口元に釘付けになった。

電話など有る筈もない時代ゆえ、受注も返答も手紙だ。「胴回り九尺五寸、丈《たけ》六丈七尺の檜《ひのき》三本、根元の瘤《こぶ》は寧《むし》ろ歓迎」等の依頼の手紙を受けて、樵《きこり》が山の中へ入る、という手順だという。

建築用の杉や松を除き、これら名木の類《たぐ》いは決してストックはしない。しかもこれらの大木、名木は山中深くに原生するのが常で、伐採から搬出に到るまで多大な労力を要す。馬が入れる所までの最も険しい間《かん》を人力で運び出すとは何とも皮肉な話だ。

従って、頑健な体力と胆力を備えた選ばれし者が樵の証なのだ、と市岡は言う。

家の仕事は継がないと断言している彼が、樵の話を、しかも熱く語る姿に、辰雄は不思議な思いを抱きつつ興味深く聞いた。

「もう少しいいか？」

と辰雄に気遣いを見せてから、市岡は更に話を続けた。

林道まで出せば後は重機やトレーラーで、というのはごく近年の事で、彼のお爺さんの代までは、馬と大八車で何処までも運んだ。関東一円は自分の家の庭同然だったというから、辰雄は驚く他ない。

自宅は総檜の総二階で、蔵を三棟有し、当然の事ながら大型の製材所を備えている。更に従業員用の長屋が二棟あるという。市岡が小学生の頃は従業員が二十人も居たらしいが、強力なウインチや重機の導入もあって、現在は十人体制だという。

辰雄と市岡は、入学したその日に直ぐに打ち解けた。お互い二年遅れゆえに、他の一年生とは明らかに違っていた。

しかし、何にせよお坊ちゃん仕様の彼のやる事は、辰雄の常識を遥かに超えていた。学らんを誂《あつら》えて作ったという彼に、辰雄は目を丸くして「へー……」と言ったきり言葉を失った。

又、学則では禁じられている喫茶店にも、市岡にくっ付いて行く分には殆ど罪悪感は無かった。

尤《もっと》もそれは、二人が長髪を許されている事も大きな要因だった。この辺りの高校は、普通高校一校を除き、男子は全員丸刈りが鉄則だ。だが二年遅れの四年生ゆえ、市岡は既に二十歳《はたち》に達しており、辰雄はまだ十九歳半だが、長髪の許可を得ていた。夜間高校とは云え、二十歳に達していない者には、その職場の長が「長髪の必要性がある」と認める書類を提出しなければならないのだ。車での通学も当然、厳しい審査がある。

市岡は俳優を志し、東京の俳優養成所に書類を送ったが、それが父親の逆鱗《げきりん》に触れ、二年間ゴタついた末、辰雄と巡り合った。今でも家業を継ぐ気はなく、父親とは反目状態らしいが、近くに住む県会議員の叔父さんが仲を取り持っているという。

「クソ親父めが……」

と、時に市岡は辰雄と同じ言葉を口にするが、無論、本質は大違いだ。

その市岡が、この夏休みに辰雄を招待してくれるというのだ。

入学当初、辰雄が「一番の趣味は渓流釣り」と言ったのを覚えていた彼が、夏休み

に入る直前に、

「長屋の空き部屋を塒《ねぐら》にして、手つかずの源流で釣ってみたらどうだ」

と突然申し出てくれたのだ。そして、

「親父には既に話してあるから心配するな」

と辰雄の懸念に先んじて言った。しかも、

「あんな所で良けりゃ、好きなだけ泊まって貰えってさ」

と父親のコメントまで付けてくれた。

感激した辰雄は思わず市岡の手を握りしめてしまった。

市岡曰《いわ》く、

「杉野には、試験の時に何度も助けて貰いながら、何のお礼もしてなかったからな」

ということだが、辰雄が彼の口から初めてしおらしい言葉を耳にした瞬間だった。

「但《ただ》し、俺は山には同行しねえぞ。案内人は樵だ！」

彼はそう言うと、辰雄の目を見て意味ありげに笑った。

「杉野が驚かねえように言っとくけど、樵っつうのは、外見は丸っきり映画に出てくる山賊だ。山ん中じゃ、熊でさえも彼らには道を譲るらしいぞ！」

辰雄は市岡の口から発せられる言葉に、目を皿のようにして聞き入っていた。

「それぐらい屈強な男達だって事。但し、根は純な人ばっかりだ、安心しろ」

緊張して聞いている辰雄の心を解《ほぐ》すように、市岡はそう言った。そんな市岡の隠れた一面に触れた事は、辰雄が彼に対するこれまでの見方を一新する出来事だった。

――市岡がこれ程繊細な神経の持ち主だった事を、四年近くも気付かずにいたとは……。

ただ、退学の恐れもゼロではない市岡だけに、残りの半年余りを今まで以上に用心してリードしていかねば、と辰雄は改めて思い直した。

色男ゆえの彼の日頃の早退や欠席は、女の子からの誘いによるものが殆どで、それをやっかむ者も少なからず存在する。辰雄は市岡に頼まれて、ラブレターの返信の代筆もしたし、嫌嫌《いやいや》喫茶店に同行した事もあり、数人の相手とは直接会ってもいる。それだけに、「目立つ行動は避けろ！」と常々注意はしてきたのだが……。

遂に先月の花火大会の翌日、補導係の教師、熊重《くましげ》に呼び出された市岡は、前日の早退後の行動を厳しく咎められた。

そこまでなら厳重注意だけで済んだのだが、密告した者が別の科の四年生だと突き止めた市岡は、後日、校門の近くでそいつを待ち構え、鉄拳制裁を加えてしまった。

結果、彼は一週間の停学処分を受けたのだ。

処分が明けたその日、辰雄が顔を合わすなり、苛立《いらだ》ちと哀願《あいがん》の混じった複雑な思いで市岡に迫ると、彼は白い歯を見せながら右手で手刀を切る仕草をし、

「帰りに喫茶店を奢《おご》るから」

と辰雄を宥《なだ》めた。

授業が終わった後、校門前の草叢《くさむら》の駐車場で軽トラの助手席に身を入れた市岡は、何時ものように長い脚を持て余して、窮屈《きゅうくつ》そうに膝を曲げると、

「さあ、運転手さん、行ってくれ」

と屈託無く言った。

「長い脚も時には不便なもんだのう」

と返事を返しながら、今日も又、終列車で一時間も揺られて帰る市岡の横顔に目を

遣り、辰雄は何時になく切ない思いに駆られた。

「市岡よー、あと半年と一寸なんだから、派手な行動だけは止《や》めてくれよな、頼むで」

喫茶店に着く前に、その一点だけを彼に再認識して貰いたくて、辰雄は祈るような気持ちでそう訴えた。

「俺が退学を食らったら、杉野はどうする？」

虚《きょ》を衝《つ》かれた辰雄はビクッとして、思わずハンドルを握る手に力が入り、反射的に彼を見た。真っ直ぐ前を向いていて対向車のライトに映えるその端正な横顔には、辰雄を嘲笑《あざわら》うかの如く穏やかな微笑が浮かんでいた。

辰雄は前に向き直りながら首を傾げた後、フーッと大きく息を吐く。

こんなに穏やかな市岡を見たのは、初めてのような気がした……。

彼が腹の据わった頼もしい存在だけに、併せ持つ怖さを連想して、辰雄は身を引き締めた。

以前にも、告げ口による理不尽な訓戒に憤っていた市岡には、密告した相手も然《さ》る事ながら、停学処分を下した補導係の熊重への憎しみが澱《おり》のように溜まっているとしても不思議ではない。

この穏やかすぎる表情は、彼が退学と引き換えに熊重への報復を決めた表れだとしたら、断じて食い止めねばならない。しかし、これ以上説教がましい事を言えば、却って市岡の怒りを煽《あお》りかねない……そう思った辰雄は、言葉を呑み込んだ。

いつもの所に車を停めて並んで歩くと、辰雄の背丈は市岡の肩までしかない事を改めて思い知った。

駅の裏手にある行きつけの喫茶店で席に着くなり、市岡は嬉しそうな表情を浮かべながら、鞄の中から数枚の写真を取り出してテーブルの上に並べた。

対面して座る辰雄が怪訝《けげん》そうな顔で写真に目を落とすと、

「俺からの最初で最後のプレゼントだ！」

と市岡が言った。

この流れの中で、市岡の笑顔のままの「最後のプレゼント」という言葉を耳にした辰雄は、風景らしき物が写った写真から顔を上げ、探るように市岡の表情を窺《うかが》った。

少しも嬉しそうな反応を示さない辰雄に、思惑が外れ、

「渓流釣りが好きだって聞いた記憶があったんだけど、違ったか……」

市岡はボソッとそう言うと、笑顔の消えた表情を繕うように右手を上げて、カウンターの方へサインを送った。

今の今まで思い込みが先行したままの辰雄は、虚ろな目で写真を流し見ただけだったが、「渓流釣り」の一言だけが鮮明に耳に残った。

この日、市岡は辰雄にこのプレゼントを伝える為に登校し、帰りに喫茶店へ誘う事も予《あらかじ》め決めていたのだった。

彼は辰雄の先走った思い込みを知ると苦笑いを浮かべて、

「余計な心配はするな！」

と言った後、一瞬、口元を引き締めて、

「時々その怒りが突き上げてくるけど、その都度、杉野の哀《かな》しそうな顔が現れてな……」

と穏やかに言った。

漸く真相を理解した辰雄は、胸を詰まらせながら「ありがとう」と言い様《ざま》、腰を浮かせてテーブル越しに右手を伸ばした。市岡に握手を求めるのは勿論、初めての事だ。市岡が苦笑しながら出した大きな手を、辰雄はギュッと握って中中《なかなか》離さなかった。

「よせよ、男に手ぇ握られても、ちっとも嬉しかねえし、第一あいつに変に思われるじゃねえか」

市岡は手を振り解《ほど》きながら、コーヒーを運んでくるウェイトレスに向けて軽く顎《あご》を杓《しゃく》るような仕種を見せてそう言った。

このウェイトレスも市岡に首《くび》っ丈《たけ》の一人で、二十三歳だと聞いているが、辰雄の目にはもう少し上に見える。目鼻立ちといい、明らかに美人だが、辰雄の知る市岡の彼女の中では珍しくぽっちゃり系だ。

当初の頃、辰雄は市岡の彼女の前に顔を出す事は屈辱と捉えていたが、次第に感じ方が違ってきている事に気付かされた。

秀さんに初めて女性のアパートへ連れていかれた時は、気の利かない奴だと女性から思われたくないという思いでいっぱいだったが、どちらも結果的に辰雄の自意識過剰だった事が真実だと知った。

秀さんと市岡の彼女達を見てきた辰雄は、彼女達が皆、大らかである事にも気付かされた。

何れにしても秀さんと市岡には、きっと生まれ出《い》づる時点で既に持てる男としての資格が付与されていたのに違いない。知り得る限りの人達を頭の中で想像した上で、辰雄は心底そう思うのだった。

それにしてもこの晩、辰雄は市岡の隠れた一面に触れて、図らずも己の認識の甘さを痛感した。これまでの足掛け四年間、その表面的なものに眩惑され、他人を思い遣れる彼の優しさ等には思いも及ばなかった。

「俺が退学になっちまったら、杉野が可哀相だからなぁ……」

と市岡が漏らした言葉は、辰雄にとって何とも嬉しかった反面、情けなくもあった。

市岡と共に卒業すべく、今日まで心を砕いてきたのは事実だが、その第一義は辰雄自身の卒業にあった事は間違いない。胸に手を当ててみれば、その為の精神的な拠《よ》り処として市岡の在籍を強く願ってきた、というのが本音であろう。

越智の、百パーセント辰雄を案ずる思いと、市岡を手段化してきた辰雄のそれとは、全くの似て非なるものと言われても仕方あるまい。

それにも拘《かか》わらず、市岡はたった一度耳にした古い話を忘れる事なく、この夏の最高のプレゼントを辰雄に申し出てくれたのだ。

「ありがとう、市岡！」

遠ざかっていく長身の背中に向けて、辰雄は珍しく大きな声をかけた。

市岡は振り返る事なく、右手の甲を肩越しにすっと翳すと、閑散とする駅の構内に消えていった。

二章　哲《てっ》さんとリヤカー

隼川の堤防沿いに広がる市街地の南の隅辺りが、辰雄がいつも哲さんを待ち受ける場所だ。

使い古したリヤカーを引いて、鉄屑や不要品の回収を生業《なりわい》とする彼は、辰雄にとって唯一、腹を割って話せる親の年代の人だった。

出会って半年程経った頃、辰雄が父親の広満を恨む……と言った時、穏やかだった哲さんの表情が一転し、声を荒げた。

「このドアホ！　親の責任は義務教育までや！」

但し、その件に関してはお互いにそれ以上突っ込んだ議論を交わす事はしていない。

この人には分かって貰えそうにない……と思った辰雄は、適当に理解した風を装い、説教した側の哲さんはそれを、辰雄が了承した、と捉えた。

従ってそれ以後、辰雄はその件に関してだけは彼を欺《あざむ》いたまま今日に到っている。

それでもその事は、あの豪雨時の青年の一言を耳にするまでは、辰雄に何らの痛痒《つうよう》を及ぼすものではなかった。


市岡から嬉しい知らせを貰った翌日、辰雄はそれを哲さんに伝えたくて、仕事帰りに隼川と併走する県道を南下した。

辰雄の明るい報告に接すると、哲さんはいつも自分の事のように喜んでくれる。笑うと無邪気な少年のような表情を見せる彼は、辰雄に有り勝ちな頑《かたく》なな心をすーっと解きほぐしてしまう不思議な力を持っている。元元、口下手で口数も少ない人だけに、「そらええなあ、兄ちゃんの功徳やで」といった短い言葉の中に彼の優しい人柄が感じられて、いつしか素直な辰雄になっているのだ。

但し、辰雄の言動が彼の意にそぐわない時などは、「お前は！」と尖《とが》った口調に変わり、口数もぐんと増えて別人の顔になる。

辰雄も又、会話が得意でない性質《たち》だけに、二人の間では意見が合わない時にこそ会話らしい会話が成立してきたと言ってもよい。

取り分け辰雄には若者らしい覇気《はき》に欠ける、と当初から感じてきた哲さんは、時にそれを爆発させもする。

「お前も、その越智君とやらの向上心を少しは見習ったらどや！」

「越智は幸運な星の下に生まれてきた奴で、真似て出来る事じゃありません。人には生まれ持った定めが有るって言ったのは哲さんでしょう」

「あれは俺自身の事を言ったまでや。彼の親父さんは病弱で働けなかったんと違《ちゃ》うか。お前よりずっと条件が悪かった筈や」

「それは彼が物心つく前からの事で、息子の襟首《えりくび》を掴んで、発車する汽車から強引に引きずり降ろした何処かのクソ親父の仕打ちとは全く次元の違う話です」

期せずして己の闇の領域に誘い込まれてしまった辰雄は、思わず鬱積するものを吐き出していた。

「なんやお前、親父さんとの事は水に流したんやなかったんか。親を罵《ののし》ったら罰当たるで。それには事情が有った筈や。子ぉが憎い親が何処におるか。お前は高校受験を阻まれた事で一生を台無しにされた思とるようだが、単に一汽車乗り逸《はぐ》っただけと思ったらええ。——もうその話は二度と口にするな。過去はどうもならんのやから……」

辰雄もそれ以上、反論はしなかった。

結局、この件は死ぬまで辰雄を追いかけてくる性質のもので、口にすれば愚痴にしか聞こえはしないのだ。「このドアホ！」と辰雄を睨みつけて罵声を浴びせてきた時の哲さんの鬼のような形相が、その事を物語っているのかも知れない。

それでもこうして会いに来てしまう自分に、辰雄は苦笑した。

雑草が混生するいつもの空き地に車を停め、少し上流側に行った処が、哲さんを見定める待機場所だ。

時計に目を遣ると十九時一寸前だった。少しだけ夕方の雰囲気は感じられるが、まだ充分に明るく、熱気は昼間のまま居座っている。這《は》うようにして川堤《かわづつみ》の斜面を登る辰雄の全身に、草いきれが纏《まと》わり付いてくる。

喘ぎながら天辺《てっぺん》に辿り着くと、辰雄は腰を反り返らせて大きく息を吸った。

ズボンやYシャツには無数の芒《のげ》が刺さっているが、いつもの事なので余り気にはしない。ただ、額や顎の汗を拭うYシャツの袖の部分のそれは、丁寧に取り除かねばならない。

今日とて哲さんが現れる保証はないが、辰雄は丁字路を俯瞰《ふかん》出来るいつもの場所にドカッと座った。この時期は暑さを避けて今頃帰途につく筈……そう推測したのだ。

特に梅雨に入る前から三度も空振りが続いているだけに、今日は三ヶ月振りの再会を果たしたい。前回の別れ際に言われた、

「兄ちゃんにも使命があるんやで」

との言葉も気になっていて、今日はその意味する処を聞いてみたいと思っている。

今の辰雄の人生観は、「ただ漂流あるのみ。成り行きに任せるしかない」だ。

越智を始め同級生達は皆、遥か前方を走っている。しかも確たる目標を持って。あの危なっかしい市岡でさえも、俳優になるという明確な目標を持っている。

ならば辰雄にとって日々の仕事は、漂流し彷徨《さまよ》いながらのものなのか？　と問われ

れば、迷わず否《いな》と答える。しかし、仕事そのものは楽しいが、胸の内を具《つぶさ》に見れば、秀さんの事で、恩ある社長と正邦さんを欺いている事に対する贖罪《しょくざい》の念が、常に葛藤している。本当にこれでいいのか？　と。

曾《かつ》て越智は、

「今は勉学第一。日々の仕事は次なるステップへの大事な足場」

と自らに言い聞かせながら、辰雄を鼓舞《こぶ》すべく度度《たびたび》そう口にした。

現在《いま》も定期的に励ましの葉書をくれる彼には、感謝してもし切れないし、自ら描いた夢に向かって一直線に駆け昇ってゆく越智の力量に、辰雄はただ感服し、敬意を払っている。

越智に対するやっかみの感情が一切無い事が、辰雄の唯一の誇りだ。

辰雄が今の恵まれた環境に居られるのも、残す処、卒業までの半年余りだが、彼には焦りも不安も無い。

――どうせ成るようにしか成らない！

十四歳の少年が絶望の淵で手にした獲物だ。辰雄の心に深く沁み込んでしまった負の遺産であり、戦わずして敗北を是とする負け犬根性の謂《いい》だ。

哲さんにはその辺りが手に取るように分かってしまうゆえに、時に癪《しゃく》の種となって辰雄に喝《かつ》を入れたくなるのかも知れない。

陽が落ちて漸く夕暮れを迎える頃、遥か前方の路上に、脇道からリヤカーを引く人が現れた。

来た！　と辰雄は右手で膝をバンと叩くと、弾かれたように立ち上がり、さっき上がってきた川下の地点に向かって走った。

無意識のうちに頬が緩《ゆる》み、その頬の辺りに心持ち涼しい風を感じた。

滑り落ちるように斜面を下り、丁字路で信号待ちをする間に、哲さんに聞いておきたい事柄と伝えたい事を頭の中で整理する。

哲さんはもう近くまで来ている筈だが、辰雄が信号待ちするこの位置からは、物陰で確認出来ない。

向こう側の車線を、左手から川下の方向へ向かって走ってきたオート三輪が、幌《ほろ》をバタつかせながら通り過ぎると、時を移さず甘い香りがフワーッと漂った。

紛れもなく西瓜《すいか》だ！

オート三輪の荷台に割れた西瓜が有ったのかも知れないが、無傷の物であっても、辰雄の鼻は西瓜の匂いに敏感になってしまっている。

小学三年生の時に同級生の農家で西瓜をご馳走になった後、胸の辺りにモヤモヤと不快感を覚えた。その時は西瓜が原因だとは思いもしなかったが、その後、又同じ事を経験して、自分には西瓜が体質に合わない事を知ると同時に、その匂いにも敏感になったのだ。

信号が変わるまでの時間が異様に長く感じられた。今し方見送ったオート三輪の他に、車の通行は一台も無く、薄暗くなった丁字路に信号機の灯りだけが存在感を際立たせている。

青信号に変わったのと同時に走り出した辰雄は、まだ充分に見通しの利かない地点から大声を張り上げた。

「哲さーん！」

そう呼んだ後、「暫《しばら》く振りです」と言いかけた処で、右から来たその人と鉢合わせになった辰雄は、瞬時に右掌《て》を口に当てて下を向いた。

目の前五メートル程の所で対面したその人は、哲さんのより一回り小振りのリヤカーを引く別人だった。しかし直後に、その大柄な体躯がリヤカーを小さく見せているのかも、と辰雄は思った。

「すみません、人違いでした」

バツの悪さを隠すようにそう言うと、辰雄は下を向いて足早に通り過ぎる事にした。その時、又しても西瓜の香りが辰雄の鼻を突いた。リヤカーの荷台には幌が掛けてあり、中は見えないが、辰雄には直ぐその正体が分かった。

バラス道をガシッと捉えるおじさんの足元は地下足袋《じかたび》で、ゴム長がトレードマークの哲さんのそれと違って、農家の人に特有の逞しさと悠長さを併せ持っている。周りがほぼ農家という地で育った辰雄には、農家のおじさんの歩き方一つにも、原風景として刷り込まれているのだ。

あと数歩ですれ違う……その時、地下足袋の歩みが止まったのと同時に、左頭上で笑う声がした。

ドキッとして上目遣いにそちらを見ると、辰雄を見下ろす格好でおじさんが笑いながら話しかけてきた。

「知り合いに、俺に似た人でも居そうだのう。その人も百姓かい？」

年格好は哲さんと同じぐらいに見えるが、ガッシリした体格とその優しい声が釣り合わない事に、辰雄は笑いを堪《こら》えた。

おじさんは辰雄の笑い出しそうな顔を見て更に笑いながら、右足を伸ばしてリヤカーのスタンドを下ろす。

辰雄はバネで撥ね上げる方式のスタンドを初めて目にした。哲さんが見たら羨《うらや》ましがるに違いない。

「兄ちゃん、西瓜は好きか？」

おじさんは出し抜けにそう言った。

辰雄は「えっ、まさか……」と喉の奥で声を詰まらせて目を白黒させる。

おじさんは背中を丸め、板で囲った幌付きのリヤカーの荷台に両腕と頭を突っ込むと、でっかい西瓜を取り出した。薄暮《はくぼ》の中にも、粗い網目の手提げ袋の中に、西瓜らしき物が入っているのが見て取れる。その袋は、辰雄が以前見た事のある稲藁《いなわら》で編んだ物と同じに違いない。

おじさんは「ほれ」と言って、辰雄の胸の辺りに両手で押し出すようにしてそれを預けた。辰雄は極力、匂いをかがないように努めるも、悪足掻《わるあが》きでしかない。

辰雄の嗜好《しこう》など知る由もないおじさんの親切心に、「西瓜はちょっと……」などと言える筈もなく、「ありがとうございます」と言って受け取るより他なかった。

「こいつは旨《うめ》えぞ」

と笑顔で語りかけてくるその人に、辰雄は作り笑いでごまかしながら、「これがメロンだったら心底嬉しいのにな……」と心中で呟《つぶや》いた。

しかし、辰雄が子供の頃からずーっと「メロン」と呼んで好物にしている、黄色くてラグビーボールの形に似たそれは、実は真桑瓜《まくわうり》なる物だったのだ。後年、辰雄にそれを教えてくれた人は、彼を蔑むような目で見た。それでも辰雄の中では、メロンと言えばずっと変わらずにあの物が真っ先に思い浮かび、それは終生変わらないであろうと思われる。

「兄ちゃん、二十歳《はたち》ぐれぇか？」

不意を突かれた辰雄は、

「……はい、まだ十九ですが」

と、少し遅れて答えた。

「うちの倅《せがれ》は一昨年、農林高を出たんだけど、百姓は嫌《や》だって言って東京へ行っちまった」

失望した風でもなく、おじさんはそう言うと、リヤカーのハンドルを握って、何事も無かったように歩き出した。

ポカンとして見つめる辰雄の胸に、「親を悲しませるなよ！」とのおじさんの心の叫びが聞こえる気がした。

しかし、辰雄としてはその心情は分かるものの、「ウチの親父は普通の親じゃねぇんだから……」と、おじさんの背中に無言で伝えた。

――けど、ウチの親父と他所《よそ》のおじさん達とでは、何がこれ程の差を生むんだろうか……。今のおじさんといい、近隣の農家のおじさんにしても、顔つきからして親父とは雲泥の差だ。農業という職種が、人柄の好い大らかな人格を作り上げるのかも知れないが、代代そこに生まれ合わせる人も又、選ばれし人達なんだろう。それなのに、市岡にしても、農林高校を卒業して東京へ行ったという今のおじさんの息子にしても、継ぐべき土地田畑《もの》が有りながら何故？　何たる愚か者！

辰雄は心底そう思う。ただ、彼らの心中には「何時でもそこに帰れる」という考えがあり、その保証を手にしていればこその余裕なのでは、と思う。辰雄にはそうとしか考えられない。持たざる境遇の淵《ふち》に喘ぐ辰雄のような者には、絶対に味わう事の出来ない代物《しろもの》だ。

「生まれ持った分、いうやつや……仕方《しゃあ》ないで」

時に無表情のまま自らを慰めるようにそう口にする哲さんの顔が、辰雄の頭の中をすーっと掠めた。

結局、この日も哲さんには会えなかった。

車に戻った辰雄は、助手席のシートとの境目にある狭い隙間に西瓜を置いたが、体に密着させるように時々左手で押さえながらの面倒な運転になった。しかし、稲藁の網が大いに滑り止めの役に立つ事に感心した。

走り出した時点では、帰り道に在る地蔵さんの足元に西瓜を置いていこうと決めていた辰雄だったが、そのうちに考えを変えた。

明日の朝、母の菊江《きくえ》がこれを目にして驚く顔を想像すると、道端で腐らせるのは勿体ないと思えてきたのだ。

この時期に菊江が胡瓜《きゅうり》やトマトを入れて井戸に吊している竹籠に、今晩、密かにこの大玉を忍ばせておく事にしよう……と辰雄は決めた。

菊江の喜ぶ顔は、辰雄にとっても嬉しい事だ。

許せないのは広満一人で、菊江ではない。彼女も被害者だった事を、辰雄は後に知った。辰雄と広満の決定的な出来事の後、菊江は絶対に覆《くつがえ》る事はないと分かっていながら、「何としても辰雄を高校に」と広満に食い下がったのだ。

初めての菊江の反乱に、広満は一瞬だけ怯《おび》えるような目をしたが、一転、赤鬼の形相で怒鳴りつけた。

「女が口出しする事じゃねえ！」

その一言が総てだった。

辰雄はそんな事実があった事を、後になるまで知らなかった。越智の説得を受け入れて二年遅れで夜学へ行く事を決め、それを菊江に打ち明けた時、初めてその事を菊江の口から聞いたのだった。

「母ちゃんの力じゃ、どうにもならなくて……」

と、済まなそうに菊江が漏らしたのだ。

クソ親父めが！　と突き上げてくる怒りの反面、母が捨て身の覚悟で広満に挑んでくれたという事は、辰雄の大きな救いとなった。

惜しむらくは、それが同時点で辰雄の耳に届かなかった事だ。

たられればの類いは詮無い事だが、母のその行動を同時点で辰雄が知っていたなら、越智とは単なる親友だけでなく、高校の同級生として既に二年前に共に卒業していた訳だし、辰雄の屈辱塗れの人生観も少しは薄まっていたに違いない。

母の話を聞いて以来、辰雄自身、心に小さな変化が芽生えてくるのを感じ始めた。

父への憎しみが消えた訳ではないが、母への感謝の念が初めて身に沁みた。

明治生まれの女の性《さが》とは云え、夫に逆らう事など許されない時代の事ゆえに、辰雄の胸に響いたのだ。

又、母の口から、結婚するその日に初めて広満の顔を見た、とも聞いた辰雄は、驚きを通り越して呆《あき》れた。そうした事は当時、取り立てて珍しくはなかったというが、広満の父親、つまり辰雄のお爺さんが菊江を品定めに来ただけで結婚が決まったというから驚くしかない。

しかし辰雄にとって、母が広満を慕っての結婚ではなかったという事実は、何よりの救いだった。

そんな母を、これからは労ってやらねば……と、辰雄は深く心に誓ったのだった。

夜九時過ぎに家に着いた辰雄は、菊江に気付かれないようにそーっと西瓜を井戸に下ろし、裏の窓から自分の部屋に入った。

明かりを点けると、いつも通り卓袱台《ちゃぶだい》の上に置かれた夕飯の脇に、一枚の葉書が有った。越智からの定期便だ！

自然に頬が緩むのを意識しながら手に取ると、「申し訳ないが、親父が亡くなったにつき、来週の登山を延期してほしい」と綴ってあった。

咄嗟に、おばさんの顔が思い浮かんだ。但しそれは沈痛のものではなく、安堵するおばさんの顔だった。

不謹慎だ！　と思いつつ、辰雄は「おじさん、安らかに……」と黙祷して、自分の心に折り合いをつけた。

「医療費の工面も大変でな……」

越智の口からそう聞いていた事もあって、辰雄自身もふーっと肩の力が抜けたという思いが第一番目に来たのだった。

三章　秀さんと甥っ子達と

翌朝、秀さんと組んで白黒テレビの納品とアンテナ立てに行った帰り、辰雄は彼から思いがけない話を聞いた。

作業した家のある辺りは、隼川の対岸を一〇キロ程下流へ行った場所で、一帯が窪地になっていた。その為、アンテナの支柱を通常より一本足しても画面にはノイズが多く、気分爽快とはいかなかったが、それでもこの辺りでは上出来なんだと秀さんは言った。

彼はハンドルを握りながらタバコに火を点けると、

「杉野君、あそこの〝バタ屋部落〟、知ってるだろう?」

そう言って左前方を指差した。

——ばたや部落？

聞いた瞬間、辰雄の頭の中で混乱が生じた。秀さんが指し示す方向に目を遣ると、数百メートル先に、トタンかベニヤ板で囲った粗末な小屋の集落が見える。数十メートルの距離まで近付くと、筵《むしろ》が下がっているだけの小屋も見えた。四方に竹の棒を立て、出入り口を除く三方と、屋根となるトタン板を荒縄で縛っただけのそれだ！　筵は出入り口を表していたのだ。

辰雄は即座に首を右に振ると、秀さんの横顔に言った。

「こういう集落が有る事を、初めて知りました。バタ屋部落って言うんですか……」

「それじゃ、彼らが朝鮮人だって事も知らねえのか？」

「ええ、勿論初めて聞く話です」

辰雄は、まさか哲さんが朝鮮の人とは思えないが……と思いつつ秀さんに聞く。

「大阪弁を話す朝鮮人って、いますか？」

「関西から移ってきた連中は、バリバリの大阪弁だの関西弁を喋るし、見た目だけじゃ日本人と区別はつかねえぞ」

ハンドルを握る秀さんが、いつもの優しい顔でそう言った時、辰雄は確信した。哲さんと初めて会った日の事が、今改めて辰雄の脳裏に甦る。

その時はまだ、辰雄はこの電機店の店員ではなかったが、仕事帰りにリヤカーの左車輪を側溝に落として難儀しているその人に手を貸してあげたのだ。

五時に会社を上がり、同期入社の人達から逃れるように帰宅する途中だった。

六段切り替え式の最新型自転車は少しは自慢出来る代物だったが、如何《いかん》せんまだ舗装道路は少なく、国道でさえも全線が舗装されている訳ではなかった。真夏の太陽が容赦なく照りつけるその砂利道の国道で、辰雄は汗みずくの哲さんと出会ったのだ。

人一倍汗かきの辰雄は、出来るものなら見なかった事にしたいと思ったが、瞬時の葛藤の後、自転車を降りていた。

二人で側溝に下りて、左側の車輪を路上に持ち上げられる重さまで積み荷を降ろして事を収めた。

凡そ一時間ぐらいの作業だったが、全力で奮闘した二人は力尽きて側溝の土手に倒れ込むように寝転がった。

暫くの後、起き上がった二人は、お互いの汗と泥で汚れた顔を見て笑い転げた。

その後、国道脇にある広い草原《くさはら》に自転車とリヤカーを移動させた二人は、河原に下りて顔を洗うと、日が暮れるまで世間話を交わしたのだった。

辰雄が自らの生い立ちを話した後、その人はこう言った。

「兄ちゃん、俺の事は、天涯孤独のバタ屋のテツって事にしといてや。テツの字は哲学のテツ」

その時以来、辰雄は彼を「哲さん」と呼び、親交を結んできたのだ。

「今日はホンマ、ありがとな。助かったわ、おおきに」

そして別れ際に、

「親を大事にせえや」

と、哲さんは真っ直ぐ辰雄の目を見てそう言ったのだった——。

「杉野君、どうかしたか?」

秀さんはそう言いながら突然、河原へ下りる細い道へコースを取ると、

「今日の仕事はこれで終わりだから、少し休んでいこうや」

と愉快そうにそう言った。

辰雄は不意打ちを食らった感じで一瞬間《ま》を置いてから、

「……いいですね。水で足を冷やしたいね」

と言いつつ、頭の中にはまだ哲さんの事が残っていた。

——今度の休みの日に、思い切ってあの部落を訪ねてみよう。

辰雄は密かにそう決めた。

秀さんは水辺の近くまで車を乗り入れ、一面に拳大《こぶしだい》の石が犇《ひし》めく場所に車を停めた。

今日は普通車のトラックなので、軽トラよりは多少の無理が利くのだ。

軽トラと同様に、トラックの側面には店名と電気メーカーのシンボルマークが鮮やかに描かれている。

二人は荷台から各二枚ずつ段ボールを手にした。流れの中にある、座るのに適した石に、熱さ除けの段ボールを敷き、もう一枚は頭に翳したり、水面に反射する太陽光を遮《さえぎ》る為に使うのだ。

川辺でズボンを膝まで捲《まく》り上げた二人は、互いが三メートル程離れた石に座り、踝《くるぶし》が埋まるくらいの流水に足を浸けた。

渓流のような冷たさは無いが、程良い流速と心地好い瀬音が二人を爽やかに潤してくれる。

秀さんは直ぐにタバコに火を点け、ゆっくりと一服吸い込むと、徐《おもむろ》に話し出した。

「俺が高校を一年で退学になったって事、杉野君は聞いてるか？」

「いえ、聞いてません」

「中味は想像に任せるが、色々悪さをやってな」

彼は愉快そうに白い歯を見せて、その頃を懐かしむようにそう言った。

辰雄は食い入るような眼差《まなざ》しで秀さんを見つめ、次の言葉を待つ。

「退学になった後、直ぐに水商売の世界に入ってな。勿論、歳は十八歳だと嘘をついたさ。そして二十一歳で自分の店を持った。だけど、三年後に店は潰れた。原因は、女に持て過ぎ……」

秀さんは懐かしそうに笑う。

「俺は酒を呑めねえ代わりに、女に持て過ぎてしまうんだよなー」

変な理屈に辰雄が大声で笑うと、秀さんも釣られたように笑い出し、さながら笑いの大合唱となった。

「ここだけの話だけどな――」

笑いが収まった後、秀さんは一転して真面目な顔を辰雄に向けると、

「軍資金が貯まったら、又水商売をやるつもりなんだ」

と言った。水音《みずおと》で処どころ声が掻き消されるのだが、白い歯と笑顔が、いつも以上に秀さんを生き生きと感じさせる。

「但し、兄貴や身内には、もう懲《こ》り懲《ご》りって言ってあるんで」

と、秀さんは唇の前に人差し指を立てて見せた。

何て正直な人なんだろう……と、辰雄は秀さんをより一層身近な存在に感じた。

更に秀さんはもう一つ秘密を明かした。

「昔、一度だけ籍を入れた女が居てな……、だから俺はバツイチって事」

一人だけ自分から口説いた女がいた、と以前に聞いたその人に違いない！　辰雄はそう思ったが、言及するのは避けた。

「一連の話は、事務の悦ちゃんは何も知らねえ事だから、そのつもりでな……」

秀さんは今度は昼の前に両手の人差し指で罰点《ばってん》を作って辰雄を笑わせた。

「ところで夏休みは、来週は杉野君の番だろう？　一週間どう過ごすんだ？」

「山に籠《こ》もってきます」

「座禅でもするのか？　女の子と足を崩してする座禅なら俺も得意だぞ」

辰雄は一瞬、間を置いて、吹き出してしまった。

「秀さんの話は俺の思考の範疇《はんちゅう》の遥か先を行っちゃってるんで……」

「杉野君も知ってると思うけど、身を滅ぼすっていう〝呑む、打つ、買う〟ってやつな、俺の場合、三つとも当てはまらねえけど、強いて言えば三つめの買うの反対で、女に好かれるっていう災難かな？」

秀さんは思い出し笑いを浮かべている。

「学校の友達に、秀さんそっくりのモテモテ男がいるんです、市岡っていう好男子」

「そいつは将来、大成するぞ！」

秀さんは笑いを堪えながらそう言った後、遂に声を出して笑った。

「ところで、親父さんとは相変わらずなのか？」

「ええ、これぱっかりは……」

辰雄はそこで言葉を切った。あの屈辱感は生涯失《う》せる事はないと思うが、いつの日か親父を許せる自分に出会いたい……と、心の片隅にはある。

笑顔から一転した辰雄の顔に、秀さんは諭すでもなく普通に話しかけた。

「杉野君は、そこだけは頑固なんだな。でも、人生、余り深刻に考えたら駄目だぞ。まあ、その件は少し時を待つとして、学校を卒業してもウチの店に残ってくれる事は歓迎だからな。社長も了解してるから」

「色々と心配して頂いて、ありがとうございます」

秀さんの優しさに辰雄は胸を熱くし、零《こぼ》れそうになる涙を堪えた。

夏休みは市岡の所へ行って何も考えずに釣り三昧《ざんまい》の日々を送るつもりだが、行く前に哲さんの安否を確かめようと、辰雄は出発を一日遅らせて、あのバタ屋部落へ向かった。

半分恐ろしい気持ちを抱えつつも、「お前は駄目人間なんかやないで、胸張りや！」との哲さんの声が頭の中で辰雄の背中を押した。

前方を走っていくトラックの巻き上げた砂埃《すなぼこり》が、灰色の煙と化して視界を遮る。両の窓から入ってくるその砂埃が、容赦なく顔に、首筋の汗に、貼り付いてくる。

辰雄が集落と反対側の道路脇に軽トラを停めると、道を隔《へだ》てた小屋の前に居たおじさんが警戒の目で彼を見た。辰雄は少し恐怖心を覚えたが、車を降りて道路を渡った。

額の汗を左手の甲で拭ってから名乗り、友人の哲さんという人を探している旨を告げると、相手の警戒の色は少し緩んだが、

「テツさん……？　知らんなあ、ここにそういう名の者は居《お》らんぞ」

との返事だった。

辰雄は他の小屋も盗み見ながら、礼を言って車に引き返した。

そして、軽トラのドアに手を掛けた時、さっきのおじさんが道路の向こうから辰雄に声を掛けた。

「兄ちゃん、一寸待ってくれんか。心当たりの仲間に聞いたるわ」

「ありがとうございます」

辰雄は大きな声で返事をすると又道路を渡り、おじさんを待ちながら彼方此方と立ち位置を変えてはバタ屋部落の中の様子を窺った。

哲さんのと同じようなリヤカー、鉄屑の山、建築廃材、その他諸諸《もろもろ》の物が有り、それらを仕分け整理に当たる複数の人達が居た。女の人は一様に手拭《てぬぐ》いを頭に被《かぶ》り、モンペに地下足袋という出《い》で立ちだ。

五、六分待った時、おじさんが一枚の写真を手に現れた。彼は辰雄を手招きし、

「こん中に、そのテツさんは居《お》るか?」

と尋ねた。

写真は色褪せて黄ばんでいて、野外で七、八人が写っているものだ。

「この人です!」

辰雄は前列中央にしゃがんでいる哲さんを指差した。

「そうか、ヨンチョルか……」

おじさんは力無くそう言った。

「兄ちゃん、鉛筆と紙を貸してくれんか」

その声は弱弱しい。

辰雄が急いで車からノートと鉛筆を取ってきて渡すと、おじさんは、

「ここでええか？」

と辰雄に念押しして、「李容哲《イヨンチョル》」と書いた。

――リ、ヨウテツ……それで〝哲さん〟か。

一人頷く辰雄に、おじさんが静かに語りかける。

「兄ちゃん、驚かんで聞いてや。ヨンチョルは可哀相に、先月の初めに倒れて、そのまま天国へ逝ってしまいよった……。前にヨンチョルがリヤカーを落とした時、助けてくれたんは兄ちゃんやろ？　話は聞いとるで。同胞の一人として、俺《わし》からも礼を言わせて貰うわ。おおきに、ありがとな。ヨンチョルには神戸に一人だけ親戚が居《お》ってな、その人が引き取りに来た……」

辰雄はぼーっとしながらその言葉を聞いていた。

哲さんが本当に朝鮮人だった事に大きな戸惑いを受けたが、何にも増して、最早彼

がこの世にいないという事が哀しかった。

おじさんに礼を言い、辰雄は肩を落としてバラス道を渡った。

軽トラのドアに手を掛けた時、おじさんの大声が辰雄の背中に届いた。

「兄ちゃん！　ヨンチョルが天国から見守っとるで。両親を大事にな！」

最後の言葉は、又しても辰雄の心を突き刺した。

——あのおじさんの言葉は、俺と親父の事も哲さんから聞いていて、知った上でのものなんだろうか？

ハンドルを握る辰雄の頭の中は、諸諸の思いが錯綜《さくそう》してグチャグチャに乱れていた。

一つだけ確かなのは、哲さんの存在が辰雄にとって思いの外《ほか》大きかった、と気付いた事だ。

重い足取りで帰った辰雄は、母親の「お帰り」の言葉にも無言のまま自分の部屋に行き、市岡宛てに手紙を書いた。

「来週一週間、世話になるつもりでいたが、お袋が過労で倒れてしまい、残念ながら行けなくなった、親父なら赤飯でも炊く処だが。……本当に残念で申し訳ない。市岡の好意に心から感謝している。ご両親、そして樵のシェルパにも、よろしく伝えてくれ。追伸、夏休みが明けたら、初日から学校へ出てこいよ！」

辰雄は敢えて市岡を挑発する形で結んだ。

母親を病気に仕立て上げて親友を謀《たばか》る事に後ろめたさは有るが、辰雄は今、娯楽に耽《ふけ》る気分にはなれなかった。

翌日、辰雄の足は自然に、二人の甥っ子の所へ向いた。

辰雄の通う高校から程近い所に在るアパートで、兄一家は円満な家庭を築いている。長男の和徳《かずのり》は小学五年生、弟の勇太《ゆうた》は三年生で、辰雄には何よりの癒《い》やしの存在だ。気分が滅入った時などは、二人に会って心の復元を図る事が習い性になっていた。

甥には違いないのだが、感覚としては弟に近い。彼らも又、兄に接するように「辰ちゃん」と呼び、慕ってくれる。

辰雄がアパートの建つ広い庭の隅に軽トラを乗り入れると、二人の甥が網と虫籠を手にいざ出陣、という処に出会《でくわ》した。二人は喚声を上げて辰雄に駆け寄り、当然のように辰雄を同行させた。

障子を開け放った部屋内から笑顔を見せた義姉《あね》が、

「御守《おも》りを頼むね」

と辰雄に声をかけた。

今し方、来る時に渋滞していた複複線の踏切は、嘘のように空《す》いている。

どうやら二人の目的地は、製糸工場の塀の先にある広い田んぼのようだ。

二人は先を競い合うように駆け出し、辰雄は最後尾となってそれを追った。

電柱や塀で騒々しいまでに鳴く蟬には目もくれず、彼らの狙いは蜻蛉《とんぼ》、しかも蜻蜓《やんま》のみと分かった。

側溝を挟む田の畔《あぜ》で獲物を追う二人の姿は、高揚感で全身に活気が溢れている。

漸く追い付いた辰雄は、額から顎から汗が滴り落ちているが、甥の二人にそんな様子はなく、右に左に網を振るっている。

何度も空振りを繰り返す二人が、特大の蜻蜓を見送る彼方に誰かを発見したらしく、

「ミーちゃんだ！」

と同時に大声を上げた。

二人は即座に虫捕り網を高く掲《かか》げて左右に大きく振る。

辰雄には、遥か前方から此方《こっち》へ来る自転車の人、としか分からない。

二人は駆け出して、再び「ミーちゃーん！」と大きく網を振った。

その人は見る見る近付いてくると、子供達に笑顔と共に左手を小さく上げて、自転車で走り抜けていった。

凝視していた辰雄は、その人と目が合った刹那《せつな》、息を呑んだ！

まるでブロマイドから飛び出してきたかのような女性だ。上品な面立《おもだ》ち、緩いウェーブをかけた前髪を押さえる濃紺のヘアーバンド……。

瞬《まばた》き一つする間の出来事だったが、辰雄はまだぼーっとして、遠ざかっていくその後ろ姿に見入っていた。

赤いUフレームの車体に白の前籠が付いていた気がするが、それが清楚《せいそ》さを一層際立たせていたのかも知れない。

所詮は辰雄が田舎者ゆえに、綺麗な人に縁遠い事もあろうが、市岡や秀さんのお相手達に比べても、今見た人は同じ女性として一括《ひとくく》りになど出来るものではない……と思った。

ふと我に返ると、甥達は既に一〇〇メートルも先を凱旋将軍《がいせんしょうぐん》よろしく帰路を辿っている。辰雄は全力疾走で二人に追い付くと、息も絶え絶えに、

「獲物は……？」

と聞いた。

「ほら、これ！」

和徳が自慢そうに辰雄の目の高さまで虫籠を持ち上げる。

「銀蜻蜓、一匹だけ？」

「そりゃあ鬼蜻蜓が最高なんだけど、もう時期が遅いんだよ」

勇太が悪怯《わるび》れる事もなく、心底嬉しそうにそう言った。

聞けば、どちらか一方が一匹捕まえたら帰るルールにしているという。更に、

「父ちゃんに見せたら放してやるんだよ、なぁ兄ちゃん」

と、又しても勇太が辰雄の目を真っ直ぐに見て言い、二人が説明を始めた。

行きつ戻りつの説明だったが、夏休み早々に捕獲した大好きな自慢の鬼蜻蜓が、三日目に息絶え、その日、二人はご飯が喉を通らなかったという。亡《な》き骸《がら》を田んぼに戻しに行く道すがら、勇太は遺骸《いがい》をそっと胸に当て「生き返ってくれ……」と祈った。しかし勇太の願いとは裏腹に、片方の羽が捥《も》げてしまった。和徳に頭を殴られた勇太の涙が、両手に載せた鬼蜻蜓の遺骸の上にポロポロ零れた。

「もういい、泣くな！」

和徳も又、涙声でそう言ったが、勇太は掌《て》にした蜻蜓に、「ご免よ、ご免よ……」と繰り返したという。

「そうか、それで二人でルールを作ったのか！」

「うん、そうだよ。なぁ兄ちゃん」

和徳は目頭を押さえながら、辰雄にコックリと頷いて見せた。

――いい子に育っている……。

辰雄は心中でそう呟き、改めて二人を愛《いと》おしく思った。

「ところで、さっきのお姉さんは何処の人？」

「うちの隣の部屋に越してきたミーちゃんだよ」

「何時から？」

「先月からだよ。家が火事になったんだって」

「辰ちゃんと同じで、ミーちゃんも仕事しながら夜、学校へ行ってるんだよ」

辰雄は二度びっくりした。

――完璧にいい処《とこ》のお嬢さんと見たが、何故夜学に？　自分と同い年くらいの感じを受けたが、だとすれば大学の二部に違いない。

しかし所詮、自分には関係のない事だと、辰雄は素早く頭を左右に振って煩悩を振り払った。

辰雄の中では既に六年前から、恋や愛の類いは発生し得ない生ける屍《しかばね》として生きているからだ。

――もしも自分がこの劣等感に冒《おか》されていなかったとしても、さっきの人は自分とは遠い世界を生きている人……。月とスッポンだ。いや、それ以上だ！

辰雄は己の姿を思い、力なく笑った。

四章　暴走、暴露

番狂わせの夏休みを終えた辰雄は、日常に戻れた喜びを噛み締めていた。

何もする気が起こらなかった一週間は退屈で、仕事が出来る事の有り難さを実感させてくれた。そして、秀さんとのコンビもすっかり今まで通りに戻れた事が、辰雄には何よりの救いだった。

その翌週の土曜日の朝、「今日、帰りがけにお姉さんの所へ冷蔵庫の型録《カタログ》持参の事」と記したメモを正邦さんから手渡された。

あの日以来、あそこへ近付く事は辰雄にとって辛く切ない気分に陥るのだ。Uフレームの赤い自転車で駆け抜けていったあの上品な人の面影が、時折頭の中を掠めていくからだ。

さて当日の夕方、冷蔵庫の型録を手に、辰雄は七時頃に店を上がり、暮れ泥《なず》む街路へ走り出した。何となく平静では居られない自分に、「義姉の所へ用事で行くんだ。ただそれだけだ！」と自らを鎮めにかかった。

そうだ、こういう時こそ秀さんだ！　と、辰雄は先日、秀さんが発した「人生、余り深刻に考えたら駄目だぞ」という言葉を回想して、こう口にしてみた。

「人生、気楽に行こうぜ！」

するとあの笑顔までが想い起こされた。まさに、秀さんは困った時の万能薬だ。辰雄は、

「秀さん、ありがとう」

と、これ又声に出して言った。

二十分足らずで兄一家の住むアパートへ着いたが、空はまだ暮れ残っている。軽トラを広い庭に乗り入れた途端、ライトの先にあのＵフレームの自転車が映し出された。赤い車体に白の前籠も付いていて、手入れの行き届いた兄の５００ccの単車と並んで眩しい程に輝いている。

辰雄が庭の奥の方に軽トラを停め、型録を手にして歩き出すと、既に玄関口で待っていた義姉の真佐江《まさえ》が、

「ご苦労さん」

と優しい言葉で迎え、辰雄を部屋に招き入れた。

兄は呑み会があるそうで居なかったが、甥っ子達の姿も見えない。

真佐江は直ぐに、赤飯に煮物付きの立派なお膳を運んでくると、

「お隣さんからの頂き物だよ」

と言った。

黒塗りの漆器《しっき》のお椀を目にしただけで、辰雄は「おお……」と唸《うな》る。慣れない手つきで椀の蓋《ふた》を開けた途端、吸い物の香《かぐわ》しい湯気がふわーっと脳天まで沁み渡った。

「凄《すげ》ぇご馳走だけど、お隣さんは何かお祝いでも？」

「長男さんが、大新聞の北陸支社って言ったかな？　場所はさて置き、偉い役職に就いたんだって」

「ほう、それはめでたいねえ！　とても肖《あやか》れそうには無いけど、有り難く頂きます」

暫《しば》しの後《のち》、辰雄が赤飯を一口頬張った時、

「食べ終わったら、呼んでくるから」

と真佐江が言った。

辰雄は赤飯を喉に詰まらせそうになり、慌てて吸い物を啜《すす》ってから、「誰を？」と聞いた。

「冷蔵庫を買ってくれる隣の奥さんに決まってるじゃない」

隣の人……。辰雄は「まさか……」と思いながらも嫌な予感に襲われた。俺には関係ない事だと言い聞かせつつも、心臓の鼓動が速くなってくるのを感じる。

怪訝そうな辰雄の様子に、

「あっ、そうか、辰ちゃんにはまだ話してなかったっけ、その事」

真佐江はそう言って、自分のおでこを右手の指先でポンと叩いた。

「お隣さん、先月越してきた人でね、市境《しざかい》でお菓子の問屋さんをしてる人なんだ。ところが先月、不審火で住居を全焼しちゃったんだって……。昼火事で三軒焼けたそうだけど、未だに出火原因も火元の特定も出来てないんだって。一人の犠牲者も出なかったのが救いだったね……って慰めたんだけどね。半分焼け残った倉庫兼用の店舗で、今は旦那さんと使用人の二人で商売してるんだって」

真佐江は辰雄に事情を説明する為に、珍しく一人で喋り続けた。

辰雄は辰雄で「お隣さん」のワードが気になっていて、真佐江の話に真剣に耳を傾けている。

「もう少しだからね」と前置きして、真佐江は説明を続けた。

「奥さんが、ここの大家さんと親戚だそうで、急遽ここを仮住まいって事にしたんだって。今はドアが焦げちゃった冷蔵庫を使ってるらしいけど、この前辰ちゃんが来た時に軽トラを目にしたらしくてさ。そうそう、ミーちゃんっていう凄い美人の娘さんが居るんだよ」

——もう間違いない……。

不安が的中してしまった辰雄は、もし彼女と顔を合わせる羽目になったら……と考えると胸が苦しくなり、思わず心中で「秀さん助けて！」と叫んだ。

「やっと話が見えてきたよ、義姉《ねえ》ちゃんのとこはまだ買って間もないのに変だなーって思ってたんだ。俺ん家が冷蔵庫を買えるようになるのは何年先の事やらねぇ……」

辰雄は自嘲を込めてそう言った。

「お隣さんの冷蔵庫だけど、ここへ持ってくるんじゃなくて、新しい引っ越し先へって言ってた」

「えっ？　越してきたばっかりなのに、又引っ越し？」

「そう。ここは急場凌《しの》ぎの腰掛けって処でしょ。立派な一軒屋から、いきなり狭い二《ふた》間《ま》のアパートじゃ、辛いと思う」

「金持ちのやる事は、貧乏育ちの俺には想像もつかねえや」

辰雄はそう言った直後に、あっと息を呑み込んで真佐江の顔を盗み見た。

実は彼女もいい処《とこ》のお嬢さんだったのだ。立派な一軒屋から狭いアパートへ、とは曾て真佐江が味わった悲哀なのかも知れない。

但し、辰雄には彼女の口から愚痴めいた事を聞いた記憶はただの一度もない。

義姉が奇特な人である事は疑うべくもないが、辰雄の兄も又それに見合う魅力を備えていたのであろう。真佐江は秋田の造り酒屋のお嬢さんで、女学校卒。片や兄は中卒、酒問屋の丁稚《でっち》からの叩き上げで、今や社長の右腕として働く苦労人だ。

——お嬢さん……か。

辰雄の脳裏に、甥達のお供で一瞬目にした自転車の彼女《ひと》が再び浮かんだ。瞬《また》き一つの間に「いい処のお嬢さん！」と映った予感が的中してしまった事に、思わず溜め息が漏れた。

しかしその反面で、辰雄は体の力がすーっと抜けて楽になった気もした。住む世界を異《こと》にする人だと分かれば、ドキドキもハラハラも起こりようがない筈だからだ。但し、我が身をあのような綺麗な人の目の前に晒《さら》す事は何とも忍び難く、避けて通りたい。秀さんや市岡の立ち位置を辰雄は今、改めて羨ましく思った。

彼女の事はもう詮索すまい、と決めているのに、もしも甥っ子達が彼女を連れてこへやってきたら……と思うと、平静で居られない。

辰雄は好物の赤飯を頂きながらも、次々と襲ってくる煩悩魔との格闘に気を削《そ》がれ、その味を十全に堪能出来ない自分を疎ましく思った。

——冷蔵庫を買ってくれるというその人は、どんな人なんだろう？　あのお嬢さんの母親なんだから、きっと美人に違いない……。

辰雄はその容姿や性格に想いを巡らせていた。

ただ一点だけ、「買ってくれる」という義姉の言葉が、辰雄の心には引っ掛かっている。相手が金持ちゆえに、買ってくれる＝買ってやる＝有り難く思いなさい、と心の片隅で感じてしまう自分を情けなく思う。

有り難い事だと素直に感謝すべきなのに、些細《ささい》な言葉の表現に囚《とら》われる事自体が、自身のコンプレックス症候群そのものである事も、辰雄自身よく分かっているのだ。

この僻《ひが》み根性が俺には一生付いて回るのか……そう思うと、辰雄は自身の哀れさに項垂《うなだ》れる思いだ。

真佐江はそんな辰雄の様子を変に思ったのか、お盆に載せた急須と茶碗を持ってきながら一声かけた。

「辰ちゃん、どうかした？」

「……いや、何も」

辰雄の返事は一瞬、間を置いたのだった。

母親の影響で辰雄がお茶好きなのを分かっている真佐江は、辰雄用に何時も上等のお茶っ葉を用意していた。

辰雄が赤飯のお膳を平らげて「ご馳走さん」と言うと、「じゃあ呼んでくるね」と彼女はお膳を下げて台所へ消えた。辰雄は、ゆっくりお茶を飲んでからご馳走さんを言えばよかったと少し後悔した。それでも、いつも通り自分で茶を注《そそ》ぎ、細めた口元からお茶を含むと、何故か母の香りがした。辰雄は意図する事なく口元が綻《ほころ》び、気持ちが和んでいくのを感じてた。

真佐江は返礼用なのか、台所から小さな紙包みを手にすると、

「子供達も夕方からミーちゃんに遊んで貰っててね」

と言いながら玄関へ下りた。

ミーちゃん、と聞いて辰雄はドキッとした。

最早、甥達がここへ彼女を連れて現れる事が現実になりそうな気配に、辰雄は腹を括り、思わず両の掌を固く握って下腹に力を入れている自分を意識した。

その直後、甥っ子達の賑やかな声が聞こえてきた。

先ず義姉が婦人を伴って玄関に姿を現し、その後ろに甥っ子達と並んであの人の姿があった。辰雄は胡座《あぐら》のまま両手を使って正面に向き直ると、素早く二人の顔を確認して会釈《えしゃく》した。

——何て綺麗なんだ！

辰雄はそれ以上表現ができなかった。

「辰ちゃん、呼んできたよ」

上がりざま義姉はそう言って、伴ってきた婦人を辰雄に引き合わせた。

やや狼狽《ろうばい》しつつ、辰雄は居住まいを正して言った。

「思いがけず、お赤飯他のご馳走を頂きました。この度はご長男さんのご昇進、おめでとうございます」

「まあまあ、ご丁寧なご挨拶、恐れ入ります。隣のおばさんです。堅苦しいのは不得手なので、地《じ》のままでお相手させて貰います」

辰雄はその言葉に胸をなで下ろした。自分の方こそ四角張った事は大の苦手なのだ。

——それにしても、お嬢さんの美貌に対して、このおばさんの何と庶民的な顔立ちなこと……。

辰雄はいの一番にそう感じたが、更に救いだったのは、鼻持ちならない拝金主義の人でなかった事だ。金持ちと学卒者を一様に鼻持ちならない人種と決めつけている訳ではないが、辰雄の惨めな生い立ちが、咄嗟にそう反応させてしまうのだ。

「今日はお姉さんに無理を言って、時間外にご足労をおかけして申し訳ありません」

おばさんはそう言って丁寧に頭を下げた。

辰雄は安易な思い込みで人物を評価する事の過《あやま》ちを胸に刻み、深く反省しつつ、

「ご用命頂いてありがとうございます」

と言って、先程のおばさんの丁寧さに劣らぬよう頭を下げてから型録を差し出した。

おばさんは「ありがとう」と言って受け取ると、

「想像してた通りの、爽やかで礼儀正しい青年だねえ、真佐さん」

と、傍《かたわ》らの真佐江に話しかけた。そして続けざまに、

「こういう人が将来、ミーちゃんのお婿《むこ》さんになってくれたらねえ……」

と、型録に目を遣りながら呟いた。

そうでなくても敏感になっている辰雄は、おばさんの突拍子もない言葉に狼狽する。

「お世辞なんだから気にするな……」と、もう一人の自分が忠告はしたものの、既に辰雄の思考力は飛んでしまっていた。あとは訳も分からずに頭《かぶり》を振り、

「とんでもありません。私のような駄目人間なんか――」

と、将来の進路も見出せずにいる事、同い年の仲間にすっかり遅れをとってしまった事、それゆえの劣等感に苛《さいな》まれている事等を一気に喋っていた。更に暴走して、その原因は父親に在り、とする己の心中深くに棲《す》み付いてしまった恨みとも憎しみともつかない心の闇をも口にしてしまったのだ。

予想だにしなかった局面に動揺した辰雄の、過剰反応が引き起こした自爆劇としか言いようがない。気がついたら喋っていた、若しくは喋らされていた、という感覚だけが残っていた。

初めて会ったおばさんに斯《か》くも赤裸裸《せきらら》に自分の恥部を暴露してしまうなど想像もしていなかった辰雄が、はっと我に返って気付いた時、偶然にも、あの娘さんと目が合ってしまった。

彼女は呆気《あっけ》にとられたように辰雄を見ていたが、直ぐに柔和な顔に戻ると、甥達のトランプ相手に復帰した。

——何たるこっちゃ……！

辰雄の胸に深い悔恨《かいこん》の念が噴き上がってきたが、最早、撤回も払拭《ふっしょく》も叶いはしない。額からは赤っ恥《ぱじ》を晒す冷や汗が噴き出してきた。

お茶の仕度をしながら辰雄の様子を心配して窺っていた真佐江が、冷たい水で湿らせた手拭いをそっと渡す。

黙って辰雄の話に耳を傾けていたおばさんが、徐に口を開いた。彼女は穏やかな表情を崩す事なく、しかも凛《りん》とした声でこう言った。

「あなたは少しも駄目人間なんかではありません。真面目に働き、夜学に通う人が、駄目人間の筈がありません。おばさんは今日、あなたと初めてお会いしたけど、真佐さん、いいえ、あなたのお義姉さんから伺っていた通りの好青年で、感激してますよ」

辰雄はさっきの自分を思い出し、小《こ》っ恥《ぱ》ずかしくて思わず首を竦《すく》めた。こんな自分を真正面から好青年だなどと誉められ、身の置き所がなかった。

こうなったら、自分はおばさんが思うような好青年ではないという事を証明せねばと、辰雄は夜学へ行くに到った動機を喋り始めたが、自分がまだ混乱の中から脱し切れていない事は意識出来ていた。しかしもう何者かに憑《つ》き動かされている感覚ではなかった。

「おばさんに白状しますが、私の場合、止むに止まれぬ向学心などとは別物なんです。失意の底、中卒で社会人を二年過ごす中で、せめて高卒の資格を、と熱心に勧めてくれた親友の熱意に応えて……これが事実なんです。昼間の高校進学を阻止された時、俺の人生はもう終わった……と観念してたんです」

この時又「親父が……」と突き上げてくるものが有ったが、もう口にはしなかった。辰雄自身、もうこの事を口にするのは止めにしなければ、と思い始めていたのだ。

するると、再びおばさんが口を開いた。

「たとえ動機はどうあれ、働きながらもうじき四年間を全《まっと》うする……これは簡単な事ではありません。その上、成績も上位を保ち、食い扶持《ぶち》もきちんと家に入れてるって聞いています」

おばさんは優しい目で真っ直ぐに辰雄を見てそう言った。

辰雄は誉められ過ぎだとは思いつつも、おばさんの持つ誠実な人柄に心を鷲掴《わしづか》みにされそうで、戸惑いと混乱を来《きた》していた。その一方で、このおばさんの大胆さと細やかさを合わせ持つ強力なパワーに興味を覚えた。

「初対面で馴れ馴れしいと思われるかも知れないけど、私も『辰ちゃん』って呼ばせて貰っていいかしら。お姉さんが、辰ちゃん辰ちゃんって言うもんですから、私と真佐さんの会話では、既に私も辰ちゃんって言ってたんです」

辰雄に異論はなく、「ええ、どうぞ」と明るく答えた。

「辰ちゃんとは今日が初めてなのに、突然辰ちゃんの過去を暴くような展開になっちゃって……おばさん、謝ります」

「いいえ、私が勝手に事実を白状しただけですから……。しかも、さっき喋った如く、私には問題が山積してますから、好青年などとは程遠い存在なんです……」

それにしても父とのゴタゴタまで暴露してしまった事を、辰雄は今更ながら後悔した。何よりもこの美しい娘さんの前で……。

直後に目が合ってしまったさっきの事が甦り、辰雄の首筋の辺りを再び冷や汗が這った。

「辰ちゃん、裁判にかけられてる訳じゃないんだから、洗い浚《ざら》い話さなくていいんだよ。辰ちゃんは真面目で正直だから、事の成り行き上、こうなっちゃったのかな……とは思うけど、私の胸はまだドキドキが止まらないよ」

義姉の真佐江自身、初めて耳にする辰雄の話に心を痛め、その心中を思うと戸惑いを隠せなかった。

「義姉ちゃんが俺を過大評価してお隣さんに話したから、おばさんはそれを真《ま》に受けて、俺の評価を誤っちゃったんだよ。初対面の人にああも誉められちゃったら、真実を伝えないと嘘つき人間になっちゃうからさ。でも、真実を曝《さら》け出したら、却って清《せい》清《せい》したよ。俺は嘘をつけない性格《たち》だから……」

「おばさんはこの通り、娘に比べて見てくれは悪いけど、人様を見る目は確かだと自負してるんですよ。もう一度言います、辰ちゃんは好青年です。自分を卑下する必要は全くありません」

直後に娘さんが困惑したような目で、おばさんに視線を送るのが辰雄にも見えた。私を引き合いに出さないで、と言いたいのか、それともこれ以上辰雄を辱めるような事は止めて！　と思ってくれての事なのか……辰雄は思い倦《あぐ》ねた。

しかし、娘さんの視線はおばさんの斜め後方からのものなので、おばさんに届く筈もない。

「お母さん、今日は冷蔵庫を決める為に辰雄さんに来て頂いたんでしょ」

辰雄には、娘さんのその言葉が願ってもない助け舟となった。

「全くその通り。ご免なさいね」

おばさんはそう言うと、持参してきていた赤いマジックインキで、傍に置いた型録に迷う事なくマル印を付けた。まさしくそれは、大容量の最高級品だ。辰雄が目にしていた限り、おばさんが型録をじっくり吟味した様子は一切ない。見た目は普通のおばさんだが、この歯切れの良さ、大胆さは、持って生まれたものの上に、金持ちという恵まれた人ゆえのものに違いない、と辰雄は思った。

おばさんは傍のバッグを引き寄せ、「手付け金は、いか程？」と言った。

「いえ、おばさんは通りすがりの一見《いちげん》さんではありませんので、手付けは不要です」

「では、納品時に一括でお支払いします。値段もお任せしますので、社長さんによろしくね」

金持ち程ケチで値切り方も嫌らしい、と秀さんから聞いていた辰雄は、これも違う……と首を傾げた。

「そうそう、届けて頂く場所だけど、借家の候補が二軒あってね、来週中にどっちかに決めますから」

「はい、分かりました。納品時には、先輩の秀さんという人と伺います」

そう言った直後に、辰雄は或る種の不安を抱いた。納品時にこの娘さんが居たら、秀さんは大いに関心を示すのでは……と。

大好きな秀さんに対して、辰雄は今、初めて嫉妬心《しっとしん》を覚えた。義理とは云え秀さんは社長の弟。菓子問屋のお嬢さんであれ、名士の令嬢であれ、何の引け目も感じなくて済む身だ。

辰雄は甥っ子達の遊び相手を務めるその人の横顔に暫し目を遣って、深い溜め息をついた。

「では、おばさんはお先に……」

と立ち上がった処へ、辰雄の兄の悠作《ゆうさく》が上機嫌で帰ってきた。

悠作は足元もおぼつかない程酔っていて、

「これはこれは、隣の奥様と美しいお嬢さん、ようこそ」

と、もつれる舌で言った。

「今日は弟さんの辰ちゃんにご足労をかけた上に、私が余計な事を喋り過ぎて、辰ちゃんに不愉快な思いをさせてしまい、娘に怒られました。私はこれで御暇《おいとま》しますけど、娘はもう少しお子さん達と遊びたいらしいので、よろしくお願いします」

甥っ子二人がまだ彼女を帰らせない、というのが真実だ。

「明日は日曜だし、どうぞどうぞ。……いやぁ、こんな醜態を晒して、恥ずかしいです」

真佐江に介抱されながら、しどろもどろでそう言う悠作を、物珍しそうな目で見ている娘を見て、おばさんは言った。

「うちの旦那は呑めないので、こういう楽しそうな家族の姿が、娘には珍しくも羨ましい光景なんですよ」

「ミーちゃんは後で送っていくから、心配しないで」

真佐江はそう言って、おばさんを玄関まで送っていった。

酔っ払いを見た事もないのか……と、辰雄は改めてそのお嬢さん育ちに思いを馳せ、やや冷めた目で彼女を見つめた。

五章　ミーちゃんと道祖神の火祭り

「もう一遍、道祖神を見たいなあ……」

寝床に向かう悠作が、もつれる舌で突然そう発した。

辰雄は「えっ」と声に出し、兄に目を遣るが、そこには義姉の肩に掴まる兄の背中が見えるだけで、表情を見る事は出来なかった。

偶然にも辰雄も又、最後に見た道祖神の火祭りを思い出していた処だった……。

兄は酒の席で誰かとそんな話題が出ての事なのか分からないが、奇しくも同じ夜に同じ思いを共有していた事に、辰雄は驚いた。不謹慎と怒られても仕方のない事だが、実はこの娘さん一家が火事で焼け出されたと聞いた時から、辰雄の脳裏にはあの日の光景が鮮やかに甦っていたのだ。

しかし辰雄の胸には、あの盛大だった火祭りとは対照的に、我が身の惨めさや、広《ひろ》恵《え》を目にした懐かしさ等々が走馬灯のように駆け巡っていた。

その時、真佐江が後ろから辰雄の肩を叩いた。

「辰ちゃん聞いて、ミーちゃんも、あの最後の道祖神を見に行ってたんだって！　辰ちゃん今、ぼーっとしてなかった？」

「……うん、火事、いや違う……、さっきから道祖神を思い出してて。……えっ、この人も、あの道祖神に行ってたって？」

「ええ、友達のお母さんの知り合いの家へ泊めて頂いて……。夜明け前のまっ暗な中を、懐中電灯を手にして歩いたんです。毛糸の手袋をはめて、襟巻《えりま》きの中へ顎まで埋《うず》めて……」

辰雄は目を見開いて、トランプの手を休めてそう言った彼女を見つめた。

「道の端を歩くと、霜柱がザクッて靴の底を押し上げてくるような感触を、今でもはっきり覚えています。耳たぶが、冷たいのを通り越して痛いっていうのも初めて経験しました」

彼女は如何《いか》にも楽しそうに、又懐かしそうに口元を綻ばせた。

「もしかしてその友達の方、大野《おおの》広恵さんっていう人では……？」

まさかとは思いつつ、辰雄はそう尋ねてみた。

すると彼女は驚いた様子で、キラキラ光る黒い瞳を真っ直ぐ辰雄に向け、無言で頷いた。

辰雄は、中学二年の時に転校してきて皆の注目を集め、直ぐに又、疾風《はやて》の如くに転校していってしまった広恵の事を話した。

そして、先程から話に出ているその道祖神の火祭りの日に、辰雄は人込みの中で広恵を日にしていたのだ。

「えーっ、そんな偶然、信じられない！　私もあの中に居たんですよ」

奇遇というより不思議な縁《えにし》だ……と、辰雄は胸中で思った。

「広恵ちゃんがうちの傍へ越してきた時、私は六年生でした。優しくして貰って、中学校の事などを教えてくれました。私より二歳上なだけなのに、もっとずっと年上のお姉さんのように感じていました。その後、広恵ちゃんは中学校を卒業すると直ぐに、お母さんの実家がある福岡へ越していったんです……。あの火祭りに連れていって貰った、二年後の春の事でした。うちの母が小さなケーキを買ってきて、家《うち》で一緒に食べてお別れしたんです……」

そう話した彼女の目が、少し潤んでいるように辰雄には感じられた。

広恵が引っ越していった年というのは、考えてみると、隼川の近くで辰雄が初めて哲さんに出会ったあの年の事だ。それにしても目の前のこの人が、あの火祭りの日の明け方、広恵と一緒だったとは……。

そして、彼女は広恵より二歳年下だと言った。甥っ子が言っていた夜学の話が事実なら、この美しい人は二歳年下の辰雄の同級生だ！

「こんな不思議な巡り合わせって、本当にあるんですね」

辰雄が思っていた事を彼女が口にした。

「あの火祭り、私には最初で最後だと思いますけど、体中がゾクゾクするような感激の連続でした。家に帰って父に話したら、人間も動物も火を見ると興奮するもんだって……。私はそういう情緒のない話とは違うって反発したんです。でも、まだ中一目前だった私には、その感動を伝える力量もなくて、口惜しさと哀しさがごっちゃになった目で父を睨んだのを覚えています。あの暁闇の中から、こんもりとした青黒い森のシルエットが浮き上がってきた光景は、とっても幻想的でした……。夜明けがこんなに感動に満ちているものだなんて、あの時初めて知ったんです。その直後に火入れが行われたんですから、何とも形容し難い感動でした」

辰雄は道祖神の火祭りだけでなく、自分の田舎も誉められている気がして、初めて味わう、それこそ形容し難い嬉しさに包まれていた。

何よりも、この人がこれ程熱く語る人だとは想像もしていなかった。しかも彼女の捉えた情景描写は、辰雄が幼い日から目にしてきた風景と見事に重なっていた。辰雄は目の前の美しい人をまじまじと見つめてしまった。

「その幻想的に出現したっていう森は、所謂、鎮守《ちんじゅ》の森で、中腹に神社が祀《まつ》ってあるんです」

「はい、後からそう聞いて、やっぱりって思いました」

気品のある整った顔が生気を帯びて、うっすらと桜色に染まっている。

「空が明るくなり始めた時、森に向かって手を合わせている人達が大勢居ました。その時は、ご来光を待つ人達、っていう認識でした。……でも、もしかしてご来光って、山の上で迎える事を指す呼称《よびな》でしょうか？　あっ、すみません、話を逸らせちゃって……」

彼女はそう言って、小さく首を傾げて辰雄の目を覗き込んだ。その可憐な様に、彼女の問いの正解が分からない辰雄は一瞬困惑し、言葉を失った。辰雄が真佐江に目を遣ると、彼女は穏やかに微笑んでいるだけで助け舟を出してくれる風になかった。

「うーん、一般的には富士山頂からのご来光……なんていうのが真っ先に頭に浮かぶけど、平地からでもご来光には違いないですよね」

辰雄は彼女の目を見て、自分の思うがままを言った。

「俺達が小学生の頃、あの森は格好のチャンバラの舞台でね、境内《けいだい》と云わず山中を駆けずり回ってました」

話しながら辰雄の胸に、近所の子等と日がな一日山中で遊んだ懐かしい記憶が甦っていた。

「好い環境で育ったんですね」

「自然環境だけはね。……家庭的には、さっき話した通り惨めなもんです。尤も、その頃はまだ父親とこんな風になるとは夢にも思ってなかったけどね」

「早く仲直り出来る日が来るのを、私も祈らせて貰います」

彼女はそう言ってから言葉を継いだ。

「その後すっかり夜が明けると、木の枝がたわむ程、枝に沢山のお餅を刺したものを手にして、大人も子供も続々と集まってきました」

「ミーちゃん、小っちゃい瓢箪《ひょうたん》みたいなのも有ったでしょ。あれは繭玉《まゆだま》って云うんだよ。そうだよね、母ちゃん？」

それまでじっと聞いていた上の甥っ子が、目を輝かせて辰雄とミーちゃんを交互に見ながら自慢そうに言った。

「あの辺は養蚕《ようさん》が盛んだからね、お蚕《かいこ》が丈夫に育って繭が沢山採れるように、っていう願いなんだろうね。だから辰ちゃん達のお盆は、月遅れの更に十日遅れなんだよね、お蚕の関係で」

真佐江のその説明に、ミーちゃんは新しい発見でもしたように感心して頷いた。

「それにしても、ミーちゃんがこれ程楽しそうに喋ってくれるなんて、思ってもみなかった」

真佐江こそが新発見をした様子でそう言うと、彼女は幾分照れるように言った。

「私、あの火祭りにだけは興奮して、つい力が入っちゃうんです。だってあんなに感動した事って無いですもの」

目の前の美形の持ち主が少しも自惚《うぬぼ》れる事もなく、道祖神の火祭りを巡って鎮守の森の夜明けに感動したと語った事は、辰雄の心に特別の感情を抱かせた。田舎を蔑視する風など微塵もない態度に、辰雄は驚きと共に彼女の気高さを見た。この人となら、素《す》のままでずーっと心が通じ合うような気がした。

しかし現実に目を向ければ、そんな想いは即、夢物語と化してしまう事は誰よりも辰雄自身がよく分かっている。

「ままならんのが人生いうもんやで、兄ちゃん」

在りし日の哲さんの言葉が、鮮やかに辰雄の胸に甦っていた。

──田舎者、且つ貧乏人！　これは救い難い別人種か。

辰雄は自嘲を込めて心中でそう呟いてみた。

──そういえば、広恵はこの田舎をどう思っていたんだろうか？

辰雄の胸にふと、当時の疑問が思い起こされた。広恵が去った後、一部の女子生徒の間で、「広恵は田舎（者）を嫌っていた」という噂話があった。辰雄自身は、広恵にはそんな思いは毛頭なかったと信じていたが……。

──目の前のこの人になら、広恵も本心を打ち明けているかも知れない。好悪《こうお》は別にして……。

そう思った辰雄は、

「すみませんが、俺も『ミーちゃん』って呼ばせて貰っていいですか？」

と、広恵の事を聞き出す前に、現状の会話を楽に進める為に勇気を出して口にした。

すると彼女は頬を緩めて答えた。

「私も、さっきから何て呼ばせて貰っていいのか……悩んでいた処でした。では、私も『辰ちゃん』って呼ばせて貰います」

——今からミーちゃんって呼べるんだ！

そう思うだけで辰雄の心は大きく弾んだ。

「広恵ちゃんの事だけど、彼女は辰ちゃん達の学校で過ごした期間《とき》が一番心に残ってるって私に話してくれたんですよ。長閑《のどか》な風景や、ゆったりした時間に癒されたって、とっても幸せそうでした。出来ればもっとずーっと居たかったたって……」

辰雄の心中を見通してでもいるかのように、目の前の人がそう言った。自分が口にする前で良かった……と、辰雄は安堵して静かに大きく息を吸い込み、

「良かったぁ……」

思わずそう口にしていた。

「広恵ちゃんに何かあったんですか？」

ミーちゃんが心配そうな表情で辰雄に尋ねる。

「いえ何も……。ただ、俺達田舎者は、都会の人は田舎を好きになれないんじゃないかって、だから広恵さんは、越してきて間もないのに又行ってしまったんじゃないかって、思ってたんです。でも、今のミーちゃんの話を聞いて、体中の力が抜けて心が

すーっと軽くなりました」

「ねぇ辰ちゃん、辰ちゃんが田舎者なら、広恵ちゃんも私も同じく田舎者ですよ。だって、東京から見たらここなんて小さな田舎町じゃないですか」

「ミーちゃんは心が広いんだね」

「誉めても何も出ませんよ」

ミーちゃんはそう言って可愛く笑った。

辰雄は、今日という日を決して忘れる事はないだろうと思った。自分は世界一不幸な人間だ！　と思っていたが、広恵の話を聞くに及んで、世界がガラッと違って見え始めた。広恵のあの愛くるしい笑顔だけしか見えていなかった自分が情けない……とも思った。

母子家庭になった経緯は分からないが、広恵が病気勝ちのお母さんに寄り添って懸命に生きていた事を想像すると、辰雄はその健気《けなげ》さに胸が痛んだ。又、父親が居ない事もあり、あの時点で既に大人として生きねばならなかった広恵の心中を思うと、己の甘さに打ちのめされもした。

広恵には、夜学に行く事すらも許されなかったのだ……。

辰雄は、「生涯、父を許さない」と命に刻み付けて生きてきたが、今日からは、そこから抜け出さなければ、と考えざるを得ない。

――いつの日か広恵に会って、父親観、人生観を語り合ってみたい……。

辰雄はそう思ったが、しかし福岡は外国にも匹敵する遥かな場所だけに、夢の又夢でしかあるまい。

「それにしても、何故あの火祭りを止《や》めてしまったんですか?」

「……えっ、はい、あの年を最後に、町村合併で、あそこも村から町になったんです」

思いがけず広恵の消息を耳にした辰雄は、遠い日に思いを馳せていて、目の前の人の問いに即座に対応出来なかった。

「……ですから、あれが最後だって事は確定してたんで、特に盛大にやったんです。村が町と云う呼び名に変わった処で、急に生活が変わる訳でも無いんだけど、三人、五人……と新しい住民が増えてくると、旧習を守り通すってのも難しいんでしょう。

やがてはこの市に吸収される日が来るかも知れません。だからあの最後の道祖神の火祭りは、村落の皆に特別な思い入れのある催《もの》しだったんです……。大竹の節が爆発した時はびっくりしたんじゃないですか？」

「そうなんです、最初の爆発の時、私は広恵ちゃんにしがみつくようにして踞《うずくま》ってしまいました。直後に気がつくと、広恵ちゃんが私を庇《かば》うように覆《おお》い被さっていたんです。でも、それはほんの一寸の時間でしたけどね。何しろ大勢の人達の脚、脚、脚の林の中での事ですから。しかも動き回る林ですからね。ミーちゃん大丈夫？　って言いながら、私を抱くようにして広恵ちゃんが起こしてくれました。まさか竹の節があれ程凄まじく爆発するなんて想像もしていなかったので、本当に心臓が止まるくらいびっくりしました。勿論、地元の人達はあの喧騒《けんそう》を更に盛り上げるように、それ行けー、もっと行けー、とか大はしゃぎで楽しんでいました。辰ちゃんもその一人だったんですか？」

「勿論、村の者《もん》はこれが最後の火祭りって事もあったし、その上、近隣の村からも大勢の人達が詰めかけてくれたから、大興奮の坩堝《るつぼ》って処でしたね」

「私も大興奮でした。後から後からドカーン、ドカンの連続でしょ、同時に火の粉がパーッと舞い散って、取り囲んでいる人垣がザワザワーって外側に開くでしょう」

「外の方に居る人達は少しでも前に出ようとするからね。特に風下側では押《お》し競《くら》饅頭《まんじゅう》」

「でも、皆が笑顔で心底それを楽しんでいるんですよね。今でも目を閉じると瞬時にあの光景が甦ってきます。……広恵ちゃんと二、三回逸《はぐ》れちゃったんだけど、火の粉が風に舞って宙《そら》を泳ぐと、人の波がサーッと道を空けるんですよ。そこに必ず彼女が居るんです。だから帰りのバスの中で、広恵ちゃんは風の女ね、って私が言ったんです。そしたら広恵ちゃん何て言ったと思います?」

ミーちゃんが再びご来光の質問の時と同じように辰雄の顔を覗き込んだ。その仕草に辰雄は頭がクラクラしてぼーっとなっていた。

「それなら私、炎の女がいいな、その方が情熱的でしょ、って」

辰雄はその答えを聞いて、広恵が八方塞《ふさ》がりの中で踠《もが》いている姿を想像した。

「バスの乗客は私達二人だけで、切符を買うと直ぐに一番後ろの席へ行って、車掌さんに聞こえないように声を落としてお喋りしてたんです。今になって思うんですけど、あの時、広恵ちゃんには好きな人が居たのかも……って思えるんです」

辰雄は、それは当たってないだろうと思った。

ただ、幾分憂《うれ》いの表情を浮かべて話す目の前の人が、一段と美しく見えていた。

辰雄はこの世に生を受けて、今初めて目眩《めくるめ》くような時を享受《きょうじゅ》していたが、但しそれは暫しの限定的なものだけに、儚《はかな》さを前提としたものだ。それゆえ、「広恵ちゃんには好きな人が……」の話題には蓋をしてしまいたかった。そこに話が及べば、目の前のこの人の彼氏の事も、避け難く浮上してきそうな気がして……。

この人に彼氏の居ない筈が無かろうし、淑《しと》やかさとは別にこの真っ直ぐな性格からして、いとも簡単にそれを吐露してしまうに違いない。辰雄は今、この場でそれを耳にするのは忍びなく、話の矛先《ほこさき》が逸れるように祈りながら、ミーちゃんから少し視線を外して、

「広恵さんには、幸せになって貰いたいね……」

と、然り気なく言った。

「バスを降りて歩いている時、ミーちゃんは大人になったら何になりたいの？　って、広恵ちゃんにそう聞かれたんです」

辰雄は全神経を集中して目の前の人の答えを待つ。

「ミーちゃんはフィギュアスケートの選手なんだから、その道に決まってるよね」

突然、真佐江が脇から口を挟んだ。

「おばさんたら、恥ずかしい事言わないで。私は兄が滑っているのを見て習い始めただけです。確かに兄は選手でしたけど、その後、足に大怪我を負って以来、スケート靴は履いていません。私も、もう履いていません。私の場合は才能が無いので止めたんです」

――フィギュアスケート？

辰雄はその何たるかも知らなかった。

彼女はそんな辰雄を余所《よそ》に、広恵からの問いに答える事なく話を続ける。

「広恵ちゃんは、本当は看護婦さんになりたいんだけど、私には叶わぬ夢ねって……。

お母さんの病気も心配だけど、その為に先ず家計を助けなきゃって、そう言ったんです。私その時、家事の手伝いなら私だってお茶碗洗ったりしてるって、今思うと身が縮むような事を言ってしまったんです。なのに広恵ちゃんは、そう、偉いわねって、優しい目で私を誉めてくれて……。あの場面を思い出す度に、自分の幼稚さと広恵ちゃんの優しさ、心の大きさが迫ってきて、遣る瀬無い思いに心が沈むんです。広恵ちゃんはいつの日か立派な看護婦さんになるに違いないって、私は信じていますけどね」

八方塞がりと言っても過言ではない筈の広恵が、何故それ程優しくなれるのか、と辰雄は思った。又、目の前の人の素直さが、ストレートに胸に沁み入ってもきた。

辰雄は否応《いやおう》なしに、自らを蝕《むしば》む病巣と向き合わざるを得ず、奥歯を噛み締めた。

目の前の人は、不幸とは無縁の美しくも純な人。そして、逆境のど真ん中に居たであろう広恵の優しさ……。その出処《でどころ》を辰雄は強く知りたいと思った。詰まる処、辰雄の拗《ねじ》けてしまった心に、目の前の人と広恵の二人から、避けては通れない駄目出しを突きつけられたのだ！

越智や哲さんからの説得、更に秀さんの箴言《しんげん》にも決して納得する事のなかった辰雄が、目の前の人と広恵との会話を聞くに及んで、清流に心が洗われていくような感覚を初めて味わっていた。

「私、喋り過ぎちゃったみたいね……」

彼女は真っ直ぐ辰雄の目を見てそう言った。

広恵の心情に思いを巡らせていた辰雄は、その声を遠くの汽笛でも聞くかのように、頭の隅でぼーっと聞いた。

その時、香しい香りが、ふわーっと辰雄の全身を包んだ。

終章　夢幻《むげん》

蝉の声もか弱くなり、もうじき芒《すすき》の穂が顔を出す頃、辰雄は急に越智に会いたい衝動に駆られた。彼に会ったのは、思えばもう三年程前になる。

先月来た越智からの便りには、「相変わらず寮の一人暮らしだが、最近仕事に張りが無くなった」とあった。

越智の性格をよく知っている辰雄は、これは徒《ただ》ならぬ事が起きている！　と直感した。

他県とは云え、軽トラでも二時間余りで行けてしまう距離だ。しかも山坂も無い平坦な道程《みちのり》の半分くらいは舗装されていて、車に優しい。

土曜日の昼少し前、辰雄は軽トラを駆って飛び出した。燃料だけ自費で負担すれば私用も可、という店の配慮に辰雄は非常に感謝している。

午後二時少し前に越智の所へ着いたが、砂埃を浴びた顔に、更に汗が化粧を加え、辰雄はひどい形相になっていた。

越智は辰雄の突然の訪問に驚いた様子だったが、辰雄が想像していた以上に喜んでくれた。

「ともかく顔を洗え」

と言って、廊下にある流し台に辰雄を案内した。

越智の部屋に入ると、三畳の和室に机が一つ備えてあり、彼が買ったビニール製の洋服のラックと、三分割のステレオが一台だけで、スッキリと整えられていた。

そもそもここは無線の中継所で、その一角に越智の他、数名の職員が寝泊まりする官舎が備わっている、という建物だ。廊下から歩いて入れる越智の仕事場も、辰雄に見せてくれた。

そこは機械室と言うべき所で、裸の電話交換台のようなものがラックに収まって何十台も整列している、という無機質な部屋だった。

日々の仕事は、これ等の棚を回り、チェックシートに則って「異常なし」等のチェックを入れるだけであり、従って、異常が無い限り普段の仕事は平凡なものだと越智は言った。

勿論、定期的に専門知識の講習、講義、その試験が行われ、昇級（給）等に反映される。越智は先月その試験に合格し、同期入舎の中で第一号の主任という立場になったという。自慢げに言うでもなく、常《いつも》の淡淡とした物言いが越智らしさを表していた。

「おめでとう」

辰雄が直ぐさま右手を差し出すと、越智は少しはにかみながら、

「サンキュウ」

と言って辰雄の手を握った。

「ところで、俺が来た時に鳴ってたステレオだけど、あれはボビー・ソロの『君に涙とほほえみを』だろう？」

「杉野はあの曲、知ってるのか？」

「うん、俺はあのレコードをよく聞いてるんだけど、越智は洋物の映画音楽通《つう》だった

から、あれ、意外だな？　って思ってたんだ」

辰雄は話しかけながら、越智の様子を丁寧に観察していた。

心なしか元気が無いかな……とは感じたが、特別変わった処は見当たらない。

「越智、最近失恋したって事はねえか？」

突然、辰雄はそう切り込んだ。

「馬鹿言うな。俺が恋とか愛とかには最も遠い存在だって事は、杉野が一番よく知ってるじゃねえか」

外れたか……と、辰雄は正面作戦に出る事にした。

「実を言うと、俺が急に会いに来たのは、越智の前回の葉書で、仕事に張りが無くなったってあったのが気になってな……。それに、今まで世話になりっ放しの越智に、俺は一度も正面からありがとうって言ってなかった事を、今日言わせて貰おうって思ったんだ」

「そうか……。それはありがとう。杉野がそこまで心配してくれてるなんて思ってもいなかったよ。実を言うとな、大分前から、同じ寮に住む先輩から嫌がらせを受けてるんだ……」

「やっぱりそうか。でも、失恋でなくて良かったよ、ほっとした」

「どうして？」

「失恋は生涯心を痛め続けるんだぞ。先輩との関係なんて、越智の場合、長くてもあと三ヶ月ぐらいだろう？　若いうちは半年くらいで転勤させて、どんどん仕事を覚えさせられるんだって言ってたじゃねえか。あと三ヶ月の我慢、それで終わりさ。どうだ、少しは楽になったか？　俺なんか親父と六年間、口もきいてねんだぞ。自慢出来る事じゃねえけど」

　この時、漸く越智が白い歯を見せて笑った。

「越智みてぇな頭のいい奴でも悩みがあるんだ、って思ったら、一寸安心したよ」

辰雄は先日ミーちゃんから聞いた広恵との会話を思いながら、自分の中で何かが動き始めているのを意識しながら話していた。

　何よりも辰雄は、今日安心して帰途につける事にほっとしていた。越智の悩みが恋愛だったら、辰雄にはアドバイスなど出来る筈も無いからだ。その分野に関しては、お互い無免許同士という事になる。

帰り際、越智は、この地の名物の煎餅だと言って、苺柄《いちごがら》の包装紙で包んだ三〇センチ角程の箱を二つ、辰雄に渡しながら言った。

「すまねえけど、一つをお袋に届けて貰いたい」

「俺ん家の分はいいいよ」

と辰雄は一箱を辞退したが、越智は折れなかった。辰雄は、そうだ二箱とも越智のお袋さんに渡せばいいんだ、と気付いた。

午後五時半過ぎ、辰雄は貰った土産の礼を言い、

「七時前には、おばさんに会ってこれを渡して、越智が昇格した事を伝えておくよ」

と言って宿舎を後にした。

帰りの車中で、「卒業したら東京へ出るつもりだ」と越智に切り出せなかった事に多少の後ろめたさが残ったが、これで良かったんだ……と一人で納得した。「まだ何のアテが有る訳でもないが」と言ったら、越智は又呆れて怒るに違いないからだ。

辰雄はよくよく考えた末の事なので、その意志はほぼ固まっていた。何とか親父を

許せる心境に近付いたとは云え、六年間の空白が突然埋まる筈もなく、それが総てではないが、嫌な事で埋め尽くされたと言ってもいい己の境遇を、辰雄は新天地で払拭したいと思うに到ったのだ。

無論、今より何倍も厳しい生活になるであろう事は覚悟の上だ！

何のツテも無い以上、取り敢えずは新聞紙面に小さく載る募集欄、就中《なかんずく》「住み込み店員」、これが唯一の糸口だ。

既に陽が傾きかけたバラス道は、軽トラの巻き上げる砂埃で、ルームミラーに映る景色を暗雲のように曇らせる。移り変わるその風景を追いかけるように、辰雄の心の中にも次々と思いが過《よ》ぎっていく。優秀な越智の事、優しく接してくれる秀さんの事、電機店の人達の事、大胆な市岡の事、今は亡き哲さんの事、そしてミーちゃんと広恵の事……。

自分の将来が全く定まっていない辰雄は、無意識のうちに唇を噛んでいた。

国道に出る手前で軽トラのライトを点灯し、緩い坂を上って国道に合流するとすぐ、前方から強力な光を放つ大型車が近付いてくるのが見えた。その運転席の天井には黄色い光を放つ回転灯が灯っており、いかにも危険を予感させる。

辰雄は直ぐに軽トラを道路の左側に寄せて停止させた。気がつくと、自分も上半身を左に傾けて避《よ》ける体勢をとっていた事に苦笑した。

それは辰雄が今まで目にした中で最大のトレーラーで、通り過ぎていくその巨大な怪物を、体をひねって見た辰雄は「あっ！」と叫んだ。根元側の幹の直径が優に一メートルを超す巨大な檜を三本、束《たば》ねたものが積まれていたのだ。

——市岡の所から来たのに違いない！

直感的に辰雄はそう思った。

案の定、最後尾に付いているヒラヒラと舞い踊る赤い布には「市岡」の文字が有った。

辰雄は咄嗟に決めた！　越智の母親に煎餅を届けたら、そのまま市岡の所へ向かおうと。幸いな事に、越智から「杉野の家に」と預かった煎餅が一箱ある。着くのは当然、明日になるが、今晩中に給油をして行ける所まで行こう。

手付かずの渓流釣りを用意してくれた市岡の好意を無にしてしまった辰雄は、あれ以来、心の中で謝り続けていたのだ……。

越智の実家に着くと、時計は八時少し前だった。

預かってきた煎餅をおばさんに渡し、越智は職場で昇進を果たした事もあり、非常に元気だったと伝えた。おばさんは、息子が昇進した事は知らなかったと言ったが、顔を綻ばせた。

辰雄はお茶を頂きながら、時計と睨めっこをしていた。もうじきこの辺のガソリンスタンドは殆どが閉店してしまう時刻だ。

「もう少し休んでいったら？」

と気遣ってくれるおばさんに、

「もう一軒行く処が有るんで……」

と丁重に断って外に出た。

おばさんは曲がった腰に手を当て、玄関の外まで出て辰雄に礼を言い、

「又寄って下さいね」

と微笑んだ。

辰雄は軽トラに乗って急いで国道へ出ると、時計に目を遣って一気に北上した。ガソリンスタンドまで、残された時間はあと十五分だ。九時まで開けているスタンドはそこしか無く、間に合わなければ明朝《あす》の開店を待つしかなく、予定が大きく狂ってしまう。

以前、市岡から貰った大雑把な手書きの地図を頼りに、辰雄は今晩の野営地を決めた。国道から分かれて市岡の家へ向かう大きな川を渡ったその河川敷だが、そこまではまだ凡そ三〇キロはある。

幸い燃料補給は出来た。

明朝行く市岡の所への道は、土が剥き出しの強《きつ》い公配が続く山道だと聞いている。以前、秀さんと味わったオーバーヒートも頭の隅を掠めるが、荷台は空っぽの上、早朝の山奥は夏でも涼しい、否、寒い事さえあると聞いているので、その心配は不要だろう。

広い河川敷に入っていくと、休憩や仮眠をとっているであろう車が複数台停まっていた。目に入るのは大型、小型トラックのみで、軽は一台も無い。勿論、乗用車も無い。

辰雄は出来るだけ平らな場所を選んで、左右の窓もドアも開け放ち、狭いシートに仰向けになった。

――明日、市岡に会ったら、先ず第一にこの夏休みのお詫びを言おう。それ以前に、この軽トラで果たして市岡の家まで辿り着けるのか……？　しかし、ここまで来た以上は、人を寄せつけないという渓谷、渓流に触れてみたい。山賊だ、と市岡が言った生粋《きっすい》の樵の出で立ちも見てみたい。

辰雄は明日の楽しみを考えながら、今日の長かった一日を振り返った。

越智には言い出せなかった東京へ出る件は、市岡にも決して言うまいと決めている。寝た子を起こす事になること疑い無しだからだ。

右手を流れる水音を聞きながら静かに目を閉じると、昼間の疲れが睡魔となって一気に辰雄を襲った。

車外に投げ出した脚に微風を感じた刹那、ストンと眠りに落ちた。

それからどれ程経った頃だろうか、遠くの方で越智の呼ぶ声が聞こえた。薄暗い中にじっと目を凝らすと、遥か彼方の靄《もや》の中にぽつんと人影が見えた。

そこは一面の草原で、足元を見ると辰雄は木道の上に立っていた。

更に目を凝らすと、そこは湿原だと分かった。

ぽつんと見えた人影は、自分の足元から一直線に伸びる木道上を、ゆっくりと辰雄に向かって歩いてきていた。やがてその輪郭《りんかく》が分かった時、市岡だ！　市岡に違いない！　と思い、辰雄は駆け出しながら、

「市岡ーっ！」

と大声で叫んだ。

すると人影は、右手を高く上げ、長い脚でゆっくりと近付いてきた。

更に距離が詰まってその顔立ちが定かになった時、辰雄は目を見開いて「あっ！」と叫んだ。その人は真っ直ぐ辰雄を見て右手を小さく翳すと、

「やあ、暫く」

と言って爽やかな笑顔を見せた。

辰雄は「えっ……」と漏らし、その場に立ち尽くした。あの時は後ろ姿しか見えな

かったが、その笑顔は数日前、初めて夢心地で言葉を交わしたミーちゃんの目鼻立ちに重なった。

市岡に優るとも劣らぬ端正な面立ちのこの人こそ、紛れもなくあの豪雨下で出会った人に違いない。

あの時から、親孝行はおろか己の進路さえ定まっていない辰雄は、恥ずかしさを押し殺して、ただ黙って頭を下げた。

その人は穏やかな表情を崩すことなく、総てを包み込むような優しい目で辰雄に語りかけた。

「君にも使命が有るよ」

辰雄は「えっ……」と大きく口を開けた。

哲さんが言った言葉だ！

辰雄が、不甲斐ない自分の総てを吐露してしまおうと決意した途端、その人は目の前から消えていた。

微睡《まどろ》みの中、辰雄は汽車に乗っていた……。

周りを見るも、乗客は自分一人だけだ。

窓の外は漆黒の闇……、夜汽車だ！

切符を買った覚えもなければ、何処から何処へ行く汽車なのかも分からない——。

彼が軽トラのシートで微睡んでいた丁度その時、市岡の家の彼方に聳《そび》える山の頂が、深い静寂を湛えたまま刻刻と白み始めていた。

了

著者プロフィール
永井 季三男（ながい きみお）
1945年（昭和20年）12月、群馬県生まれ
県立高崎工業高校電気科（夜間部）卒業
横浜市在住
趣味、登山、渓流釣り
既刊書に『十五夜』（2003年　文芸社刊）がある

蒼《あお》き闇《やみ》　汝《きみ》よ何処《いずこ》へ

2021年９月15日　初版第１刷発行

著　者　永井 季三男
発行者　瓜谷 綱延
発行所　株式会社文芸社
〒160-0022　東京都新宿区新宿1－10－1
電話　03-5369-3060（代表）
03-5369-2299（販売）

印刷所　神谷印刷株式会社

ISBN978-4-286-22855-6